AN TURAS EIGINNEACH

"Theirg suas Sràid Iamaica"

AN TURAS
EIGINNEACH

Kathleen Fidler

Dealbhan le Mike Charlton

A' Ghàidhlig le
Cairistìona Dick, Marion Halpern
agus Iain Mac an Tàilleir

CANONGATE • KELPIES

Foillsichte o thùs sa Bheurla an 1964 aig Lutterworth Press
A' chiad fhoillseachadh sa Bheurla an Kelpies an 1984

Foillsichte sa Ghàidhlig an Kelpies an 1992 aig Canongate
Press, 14 Frederick Street, Dùn Eideann EH2 2HB

Clò-bhuailte ann am Breatainn
le Cox & Wyman Ltd, Reading, Berkshire

LAGE 0 86241 093 2

Chuidich an Comann Leabhraichean am foillsichear
le cosgaisean an leabhair seo.

CANONGATE PRESS
14 FREDERICK STREET, DUN EIDEANN EH2 2HB

CLAR-INNSE

1. DAIBHIDH 'S AM BAILLIDH A' TROD

Bha gaoth fhuar a' sèideadh on Chuan a Tuath gu ceann Loch Fleòd far an robh Dàibhidh Moireach crom a' togail bhàirneach. Pìos bhuaithe anns a' chladach bha a phiuthar Ciorstaidh ris an aon obair, agus i a' feuchainn ris a' chliabh bheag aice fhèin a lìonadh.

'S ann airson biathadh nan lìon a bha na bàirnich, ach bha Dàibhidh a' smaoineachadh gum biodh gu leòr a chòrr, 's gun dèanadh a mhàthair brot math leotha. Ansin chuala e Ciorstaidh ag èigheach, "Hoigh! Trobhad anns a' mhionaid, a Dhàibhidh. Tha portan mòr fon chloich a tha seo."

Portan! Bha sin na b' fheàrr na bàirnich.

"Càit a bheil e?"

"Siud e. Tha e a' feuchainn ri dhol fodha anns a' ghainmhich. Greas ort, a Dhàibhidh, faigh greim air, no caillidh sinn e."

Fhuair Dàibhidh pìos maide a bh' air an tràigh, agus thòisich e ri cladhach cho luath 's a b' urrainn dha. Nochd aon ìne agus an uairsin tèile. Chaidh Dàibhidh na chabhaig a' sgrìobadh 's a' cladhach. Mu dheireadh fhuair e am portan a-mach fon chloich.

"Faigh mo chliabh, a Chiorstaidh. Greas ort."

Thog Dàibhidh am portan le pìos maide, agus chuir e dhan chliabh e, còmhla ris na bàirnich. "A bhalaich ort, nach e tha mòr! Nì e suipear mhath dhuinn," thuirt e, agus thionndaidh e am portan air a dhruim gus nach fhaigheadh e a-mach às a' chliabh.

Bha aire na cloinne cho mòr air a' phortan is nach fhaca iad riamh an duine a bha a' ceangal an eich aige ri craobh anns a' choille a bha ri taobh a' chladaich. Thàinig an duine bha seo tarsainn na tràghad far an robh iad.

Cha do rinn na casan aige fuaim sam bith air a'
ghainmhich. Nuair a chunnaic e na clèibh làn bhàirneach
ghabh e an caoch dearg, agus dh'èigh e ris a' chloinn:
"Dè tha sibh a' dèanamh, a bhlaigeardan?"

Chlisg Dàibhidh cho mòr 's gun do theab an cliabh
tuiteam air. Ghabh Ciorstaidh an t-eagal cuideachd, agus
thug i ceum air ais. "O, 's e Maighstir Sellar a th' ann."

'S e bàillidh a bh' ann am Pàdraig Sellar, agus bhiodh
e a' tighinn a dh'iarraidh màl na croite aca do Bhan-Iarla
Chataibh. B' ann leis a' Bhan-Iarla a bha an oighreachd
air an robh a' chroit.

"Dè tha sibh a' ciallachadh? Tha sibh a' goid maorach
na Ban-Iarla."

Chuir seo an caoch air Dàibhidh.

"Chan eil sinn a' goid idir," fhreagair Dàibhidh gu
diombach.

10

"Tha a h-uile còir aig m' athair air na bàirnich às a' chladach airson biathadh, agus bha riamh."

"Còir! Chan eil na còir," dh'èigh Sellar. "'S math tha fios agaibh gur ann leis a' Bhan-Iarla tha na bàirnich sin."

"Chan eil fios againn air dad dhen t-seòrsa," thuirt Ciorstaidh gu dàna. "Ciamar a nì m' athair iasgach mura faigh e biathadh?"

"Ah, 's e na blaigeardan aig Seumas Moireach a th' annaibh, nach e?" thuirt Sellar. "Dh'fhaodainn a bhith cinnteach! Tha sibh cho mì-mhodhail agus cho mì-reusanta ris fhèin. Chan eil mi a' dol a sheasamh a' chòrr dheth. Dòirtidh sibh na bàirnich sin air ais far an d' fhuair sibh iad!"

Thog Dàibhidh an cliabh, agus bhac e air falbh gu crosda. Dh'fheuch Ciorstaidh ri bhreugadh. "Tha fios nach eil sibh a' dol a thoirt ar suipeir bhuainn, a Mhaighstir Sellar. Chan ionndrain a' Bhan-Iarla dhà no trì bhàirnich às na truinnsearan aice, 's i cho math dheth. Tha fios nach ionndrain."

"An cuala tu dè thuirt mi? Dòirt a-mach na bàirnich tha sin, air no nì mi fhèin e!"

Rinn Ciorstaidh air teicheadh, ach rug Pàdraig Sellar oirre. Thug e bhuaipe an cliabh, agus shad e na bha na bhroinn dhan chladach.

"Nis, falmhaich thusa do chliabh cuideachd," thuirt e ri Dàibhidh.

"O, leigibh leinn am portan a chumail co-dhiù, a Mhaighstir Sellar," dh'iarr Ciorstaidh air.

"Dèan mar a tha mi ag iarraidh ort," dh'èigh am bàillidh. Ach bha Dàibhidh caran rag, agus cha robh e a' dol a shrìochdadh cho furasda sin idir. Co-dhiù bha e a' faireachdainn gur esan a bha ceart.

"Fhuair sinne am portan agus na bàirnich shìos fo àird an làin. Tha m' athair ag ràdh nach eil còir sam bith aig a' Bhan-Iarla air a' mhaorach a tha fo àird an làin, dad nas motha na tha còir aice air na tha de dh'iasg anns a' mhuir."

Bha Pàdraig Sellar a-nis a' bocadaich leis an fheirg. Am blaigeard seo a' dol na aghaidh. Bheireadh esan leasan dha. Mhaoidh e air leis a' chuip-eich a bh' aige na làimh.

"Sad bhuat na bàirnich tha sin anns a' mhionaid."

"Cha dèan mi dad dhen t-seòrsa." Sheas Dàibhidh far an robh e ged a bha aodann air fàs glè bhàn.

Thug Sellar ionnsaigh leis a' chuip, agus stiall e Dàibhidh mun chalpa lom aige. Chuir am pian a bha e a' faireachdainn an caoch ceart air a' ghille, agus rug e air a' phortan agus dh'fheuch e air a' bhàillidh e an clàr an aodainn. "Siud dhut do phortan ma tha," dh'èigh e.

"A bhlaigeird mhosaich. Stiallaidh mi ceart thu a-nis." Bha Sellar ag èigheach leis a' chaoch a bh' air. Rug e air ghualainn air a' ghille, agus thog e a' chuip a-rithist. Ach cha d' fhuair e a' bhuille riamh, oir rug Ciorstaidh air ghàirdean air Sellar agus cha leigeadh i às e.

"Leig thusa le mo bhràthair. Na cuir làmh air," mhaoidh i air agus rinn i greim teann le fiaclan air caol a dhùirn.

"Nighean na mallachd," dh'èigh e àird a chlaiginn agus e a' dol a thoirt ionnsaigh air Ciorstaidh cuideachd, nuair a chuala e èigh air a chùlaibh agus chunnaic e cuideigin na ruith tarsainn na gainmhich. Cò bha seo ach athair na cloinne.

"Dè tha thu a' dèanamh? Dè an obair tha seo, a bhàillidh? A bheil thusa a' gabhail dhan chloinn agamsa le cuip?" Chuir seo stad air a' bhàillidh, agus chaidh Ciorstaidh na ruith gu h-athair.

"O athair, bhuail Maighstir Sellar Dàibhidh leis a' chuip. Seallaibh an làrach dearg a th' air a' chois aige."

"A bheil seo fìor?" dh'fhaighnich Seumas Moireach

ann an guth gu math feargach.

"Chan eil anns a' ghille ach am blaigeard. Bha e airidh air a stialladh airson portan fheuchainn mun aodann orm."

"Chan eil sin fìor, athair. Bhuail Maighstir Sellar mise leis a' chuip mus do shad mi am portan idir air. Cha leigeadh e leinn na bàirnich a chruinnich sinn a chumail, no am portan nas motha. Thug e air Ciorstaidh an fheadhainn aicese a chur air ais dhan tràigh," arsa Dàibhidh agus e a' sealltainn a' chlèibh fhalaimh dha athair.

"Tha fhios agad fhèin agus aig na blaigeardan chloinne agad fìor mhath gur ann leis a' Bhan-Iarla a tha am maorach a th' anns an tràigh," thuirt Sellar, agus e nis ag atharrachadh a sgeul.

"Ach fhuair sinne na bàirnich fo àird an làin," thuirt Dàibhidh.

"Thuirt sibhse gun robh a h-uile rud fo àird an làin saor agus an asgaidh," chuimhnich Dàibhidh dha athair.

"Tha an gille ceart, a Mhaighstir Sellar. Sin an lagh."

"Agus cò aig' tha fios le cinnt cò às a thug an gille na bàirnich?" thuirt am bàillidh. "Chan eil againn ach fhacal-san air a' chùis."

"Chan eil e na chleachdadh aig na Moirich a bhith ris na breugan," thuirt Seumas Moireach, agus e a' coimhead air Sellar le gràin. "Agus co-dhiù tha an t-àite far a bheil sinn nar seasamh an-seo fo àird an làin gun teagamh sam bith."

"Tha an lagh ag ràdh gur ann leis a' Bhan-Iarla a tha an cladach air fad." Cha robh am bàillidh airson gabhail ri beachd Sheumais Mhoirich idir.

"Tha an lagh ag ràdh gur ann leis a' Bhan-Iarla a tha an cladach air fad!" chum Sellar air.

"Ma tha, thèid sinn le chèile far a bheil a' Bhan-Iarla, agus dearbhaidh i a' chùis dhuinn."

"Bheil thu a' smaoineachadh nach eil an còrr aig a' bhoireannach uasal ri dhèanamh ach a bhith ag èisdeachd ri gnothaichean leibideach mar seo?"

"Cha do shaoil thusa gur e gnothach leibideach a bh' ann nuair a bha thu a' gabhail dhan ghille agamsa le cuip," thuirt Seumas Moireach gu feargach. "Ma thogas tu làmh ri duine a bhuineas dhomhsa a-rithist, bidh ceannach agad air. Chan fhaigh thu dheth leis idir." Thionndaidh e ri Dàibhidh. "Tog leat am portan, a Dhàibhidh. 'S ann leat a tha e. Tha fios agams' air mo chòirichean."

Thog Dàibhidh leis am portan gu cabhagach. Dh'fhalbh am bàillidh cuideachd, agus e gu math gruamach.

"Tha thu bragail gu leòr an-dràsda a' bruidhinn mu do chòirichean is mun lagh, a Sheumais Mhoirich," dh'èigh Sellar às a dhèidh. "Ach chì sinn dè feum a nì sin dhut fhathast."

Sheas iad far an robh iad, agus iad ga choimhead a' dèanamh air a' choille far an do dh'fhàg e an t-each.

"Dè bha am bàillidh a' ciallachadh leis an rud a thuirt e mu dheireadh?" dh'fhaighnich Dàibhidh dha athair, agus an t-each is am marcaiche a' dol às an t-sealladh sìos an rathad.

"Chan eil teagamh nach bi fios againn luath gu leòr. Chan fheàirrde sinn idir obair an latha 'n-diugh."

"'S dòcha nach bu chòir dhomh bhith air am portan fheuchainn air mar siud, ged is e fhèin a bhuail mise an toiseach."

"O Dhàibhidh, tha nàdar gu math sradagach agad. Cha leig Sellar seachad idir e."

"Carson? Dè nì Maighstir Sellar oirnn, athair?" dh'fhaighnich Ciorstaidh.

An àite freagairt a thoirt dhi, thuirt Seumas Moireach, "Seall! Siud do mhàthair aig an doras." Ruith a' chlann far an robh i leis na bàirnich agus leis a' phortan.

"Seall dè th' againn! Seall dè th' againn!"

"A bhalaich ort, chan fhaca mi riamh portan cho mòr sin," thuirt am màthair nuair a chunnaic i a' mheudachd a bh' ann. "Nach ann againn a bhios an deagh shuipear a-nochd."

"Tha mi 'n dòchas nach pàigh sinn ro dhaor air a shon," thuirt an duine aice air a shocair.

"Dè tha thu a' ciallachadh?" dh'fhaighnich i gu grad.

"Innsidh mi rithist dhut nuair a bhios a' chlann anns an leabaidh," thuirt e. "Leig leis an-dràsda."

Bha dà rùm anns an taigh. Bha àite teine ann an aon cheann ris a' bhalla, agus ris a' bhalla-tarsainn eadar an dà rùm bha an leabaidh anns am biodh Seumas agus a bhean a' cadal. Cha robh anns an rùm eile ach rùm gu math beag, agus cha robh àite ann ach airson an dà leabaidh fhiodha aig a' chloinn. Bha togalach eile ri aon cheann dhen taigh far an robh an t-each agus a' bhò agus beagan chearcan. Bha na Moirich gan saoilsinn fhèin glè mhath dheth o chionn 's gun robh each aca. Cha robh aig mòran dhe na croitearan ach aon bhò. Bhiodh iad ga cur dhan a' chrann nuair a bhiodh iad a' treabhadh.

Cha mhòr nach robh na Moirich a' faighinn a h-uile rud a dh'fheumadh iad airson tighinn beò far na croite. Bha bainne is ìm aca on chrodh; uighean o na cearcan; bha iad a' beathachadh muc a h-uile bliadhna, agus bhiodh iad a' smocadh na feòla aice nuair a mharbhadh iad i. Bha na caoraich gan cumail ann am feòil-shaillte, agus a' cumail clòimh ri Ceit a bhiodh i a' snìomh air a' chuibhill. Bha càl is snèipean agus buntàta aca, agus min-choirce airson a' bhrochain. Air feasgar ciùin bhiodh Seumas Moireach a' dol a-mach leis a' bhàta a dh'iasgach. Bha an obair cruaidh, ach bha toileachas na cois. Bha a' chlann a' buachailleachd a' chruidh agus nan caorach

air cliathaich na beinne. Bhiodh iad ag obair còmhla ri
an athar anns na h-achaidhean beaga air an talamh
chòmhnard ri taobh Abhainn Lunndaidh. Bha an
abhainn a' dol seachad air an taigh aca.

Air cùl an taighe an Cùl Mhaillidh bha na beanntan
gan cuartachadh, Beinn a' Bhragaidh ag èirigh gu cas, a'
ruighinn suas gu Beinn Lunndaidh. Bha fuaim ceòlmhor
na h-aibhne agus fead na gaoithe far na mara an
còmhnaidh mun cuairt an taighe. 'S tric a bha Dàibhidh
a' cuimhneachadh air seo anns na bliadhnaichean
trioblaideach a bha roimhe.

Nuair a bha a' chlann nan cadal, dh'innis Seumas dha
bhean mar a thachair eadar iad fhèin agus Pàdraig Sellar.

"Sin an làrach a bh' air calpa Dhàibhidh!" thuirt i gu
math fiadhaich. "Bha dùil agamsa gun robh e air e fhèin
a sgròbadh air stob craoibhe. Bu chòir dhan bhàillidh
nàire bhith air, a' gabhail do phàisde sam bith le cuip."

"O cha d' fhuair Sellar dheth saor is an asgaidh idir.
Thug Ciorstaidh ionnsaigh air!"

"Cha chuir duine làmh air Dàibhidh gun phaigheadh
daor air a shon, ma bhios Ciorstaidh faisg. Rugadh iad
air an aon latha, agus coimheadaidh iad às dèidh a chèile
an còmhnaidh. Sin mar a bhios e tuilleadh," thuirt Ceit
agus coltas oirre gun robh i a' faicinn rudan a bha fhathast
ri tachairt.

"Tha an dà shealladh agad, a Cheit," thuirt Seumas
agus e a' creidsinn, mar a tha mòran, gu bheil feadhainn
ann a chì rudan a tha fhathast gun tachairt.

"Ach bha e cho math nach do thog Sellar a làmh ri
Ciorstaidh, oir bhithinn fhèin air buille a thoirt dha, agus
cha b' fheàirrde sinn sin. Ach cha leig e seachad obair
an latha 'n-diugh idir." Bha Seumas a' coimhead glè
dhraghail.

"'S e duine cruaidh a th' ann gun teagamh,"
dh'aontaich Ceit. "Dè nì e oirnn?"

"Dh'fhaodadh an aon rud tachairt dhuinne ann an Cùl Mhaillidh is a thachair an Sgìre Raoghaird mar tha," thuirt Seumas.

"A bheil thu a' ciallachadh gu bheil a' Bhan-Iarla a' dol a thoirt bhuainn an fhearainn, agus a' dol ga thoirt air màl do thuathanach chaorach à deas?" Chuir seo uabhas air Ceit.

"Dh'fhaodadh e tachairt dìreach mar a thubhairt mi. Gheibheadh a' Bhan-Iarla barrachd airgid à caoraich na tha i a' faighinn o mhàl nan croitearan."

"Ach tha a' bheinn aice dha na caoraich. Carson a tha i ag iarraidh nan gleann cuideachd?"

"Feumaidh na tuathanaich na glinn airson na caoraich a gheamhrachadh."

"A bheil thu a' ciallachadh gun toireadh i bhuainn fearann do shinnsearan?"

"Sin dìreach a tha mi a' ciallachadh, a Cheit!"

"Ach tha Moirich air a bhith an Cùl Mhaillidh riamh!"

"Math dh'fhaoidte nach bi iad fada tuilleadh ann."

"Agus an taigh, dè nì iad leis an taigh? Tha fios nach toir iad bhuainn an taigh co-dhiù."

"Dè math dhuinn taigh mura bi fearann againn no feur dha na beathaichean?" dh'fhaighnich Seumas dhi. "Tha fios agad dè thachair ann an àiteachan eile far an do chuir iad na croitearan às an fhearann airson àite a dhèanamh dha na caoraich."

"Chuir iad teine ris na taighean gus nach fhaigheadh na daoine tilleadh annta," thuirt i ann an guth ìosal. "Ach tha fios nach tachair sin dhuinne, a Sheumais. Cha bhiodh e ceart."

"Chan eil mi cho cinnteach. Chan eil am bàillidh na charaid mòr sam bith dhuinn, agus chan eil e a' dol a dhìochuimhneachadh mar a rinn Dàibhidh air an-diugh."

"B' fheàrr leam nach fhaca Dàibhidh am portan ud riamh!" thuirt i 's na deòir a' tighinn gu sùilean.

17

"Bhiodh an trioblaid air tighinn, portan ann no às," thuirt an duine aice. "Chì sinn dè thachras."

Cha robh fada aca ri feitheamh.

Mu sheachdain às dèidh seo, bha Dàibhidh agus Ciorstaidh a' toirt a' chruidh dhachaigh airson am bleoghain. Bha Ciorstaidh a' gabhail òran beag rithe fhèin, agus i a' leantainn nam beathaichean a-nuas às a' bheinn. Stad i gu grad. "Seall!" thuirt i ri Dàibhidh, "Tha cuideigin na sheasamh aig an doras againn, agus chan eil duine a-staigh. Tha e coltach ri Adam Young, am fear a bhios a' cuideachadh a' bhàillidh. Saoil dè tha e ag iarraidh?"

"Tha e a' cur pàipear ris an doras!" Chluinneadh iad buille an ùird far an robh iad nan seasamh. Nuair a bha e deiseil thog e air suas an rathad.

"Greas ort, a Chiorstaidh," dh'fhalbh Dàibhidh na ruith. Dh'fhàg iad an crodh gus tighinn dhachaigh leotha fhèin. Chaidh iad nan ruith chun an dorais.

"Dè tha sgrìobhte air a' phàipear, a Dhàibhidh? 'S tu 's fheàrr gu leughadh na mise."

Dh'ionnsaich Seumas Moireach dhan dithis aca mar a leughadh iad 's mar a sgrìobhadh iad, agus bha Dàibhidh gu math comasach.

"Fios gum feum sinn falbh às an taigh," bha e a' leughadh air a shocair.

"Carson?" dh'fhaighnich Ciorstaidh.

"Chan eil mi cinnteach. Tha a' chroit aig m' athair air màl. 'S e sin a th' ann. Seall, tha ainm na Ban-Iarla ris a' phàipear, agus 's ann leatha a tha an oighreachd, agus tha ainm m' athar ann cuideachd." Leugh Dàibhidh am pàipear air fad gu cabhagach. "Tha ainm Phàdraig Sellar ris cuideachd."

"An duine grod sin!"

"Tha leithid de dh'fhaclan mòra ann, tha mi a' smaoineachadh gur e pàipear fir-lagha a th' ann." Lean

18

Dàibhidh air a' leughadh . . . "a' toirt fios gum feum sibh an taigh fhàgail, agus am fearann a tha a' dol leis, air an aonamh latha deug dhen Chèitean anns a' bhliadhna 1812."

"1812? Sin am bliadhna, agus an Cèitean an ath mhìos," thuirt Ciorstaidh. "A Dhàibhidh, dè tha ceàrr?"

Bha aodann Dhàibhidh cho geal ris an anart. "'S e fios fuadaich a tha seo, a Chiorstaidh!"

"Fios fuadaich? Dè tha sin a' ciallachadh?"

"Feumaidh sinn falbh. Feumaidh sinn falbh às an taigh seo."

"Falbh? A Cùl Mhaillidh?" Cha robh Ciorstaidh ga chreidsinn. "Seo an dachaigh againn. Feumaidh gu bheil thu ceàrr, a Dhàibhidh."

"Chan eil mi ceàrr idir. O Chiorstaidh, feumaidh sinn falbh!"

"Ach càit an tèid sinn?"

Chrath Dàibhidh a cheann. "'S dòcha gum faigh m' athair croit eile."

Bha Ciorstaidh glè dhraghail. "A Dhàibhidh, a bheil thu a' smaoineachadh gun do thachair seo o chionn 's gun do shad thusa am portan air a' bhàillidh, agus gun tug mise greim às?"

"Tha e cho dòcha, a Chiorstaidh." Bha Dàibhidh gu math draghail cuideachd.

"Ma tha, thèid sinn far a bheil am bàillidh is iarraidh sinn maitheanas air."

"Chan eil mise a' dol a dh'iarraidh maitheanas air a' bhàillidh eadhon airson cead fuireach an-seo. 'S mi nach eil."

Bha Ciorstaidh gus a bhith a' caoineadh. "Nach tu tha mòr asad fhèin! Thèid mise far a bheil am bàillidh, agus bruidhnidh mi fhèin ris."

"Cha leiginn leat sin a dhèanamh idir. Thèid mi còmhla riut chun a' bhàillidh, agus iarraidh mi air am pàipear a thoirt air ais, ach cha ghabh mi ris gun robh mi ceàrr mun phortan idir."

"Càit a bheil am bàillidh a' fuireach?" dh'fhaighnich Ciorstaidh.

"Chan eil mi cinnteach. Tha a' Bhan-Iarla a' fuireach ann an Caisteal Dhùn Robain. 'S dòcha gu bheil e a' fuireach an-sin."

"Tha sin ochd mìle uile gu lèir, eadar falbh agus tighinn!" chuimhnich Ciorstaidh dha.

"Mura tèid agad air ochd mìle choiseachd, fuirich far a bheil thu ma tha."

"Chan fhuirich mi. Thèid mi còmhla riut," thuirt i gu cabhagach.

"'S fheàrr dhuinn togail oirnn mus tig m' athair dhachaigh on mhargaidh is gum faic e seo." Shrac Dàibhidh am pàipear far an dorais.

"Fuirich! Feumaidh sinn an crodh a bhleoghain an toiseach," thuirt Ciorstaidh gu dòigheil.

Bhleoghain iad an crodh, agus dh'ith iad pìos arain agus càise.

"Nighidh sinn ar n-aodann 's ar làmhan a-nis."

Choimhead Dàibhidh oirre. "Mise dol gam nighe fhèin! Carson? Chan ann air a' Bhan-Iarla tha sinn a' dol a choimhead, ach air a' bhàillidh."

"Chan eil sin gu diofar. Feumaidh sinn a bhith glan sgiobalta, no nàraichidh sinn ar pàrantan," thuirt Ciorstaidh ris, agus ged a bha e fhathast a' gearain, chaidh e dhan tobar a dh'iarraidh uisge, agus nigh e e fhèin.

Bha na h-aodainn aca a' deàrrsadh nuair a thog iad orra gu Caisteal Dhùn Robain. Bha seàla thartain air Ciorstaidh, an t-aodach Sàbaid aice, agus bha rudeigin aice gu cùramach a-staigh fon t-seàla.

"Dè th' agad an-sin? dh'fhaighnich Dàibhidh dhi.

"Tha na brògan againn. Seo, faodaidh tusa an fheadhainn agad fhèin a thoirt leat a-nis."

"Brògan! Nach seall thu orm! Ach dè air an talamh a thug ort na brògan a thoirt leat?"

Cha bhiodh brògan air a' chloinn uair sam bith ach Latha na Sàbaid nuair a bhiodh iad a' dol dhan eaglais. An uairsin fhèin cha bhiodh iad gan cur orra gus am biodh iad faisg air an eaglais.

"Seallaidh sinn dhan bhàillidh nach e ceàrdannan a th' anns na Moirich idir, 's gu bheil brògan againn cho math ri càch," thuirt Ciorstaidh ris.

Choisich iad gu dùrachdach, agus mu dheireadh ràinig iad geataichean mòra Caisteal Dhùn Robain. Stad iad a chur orra am brògan. Bha rathad fada aca ri choiseachd on gheata chun a' chaisteil. Bha h-uile rud cho sàmhach. Cha robh sìon ri chluinntinn ach fuaim na gaoithe anns na craobhan. Stad Ciorstaidh gu grad. "Cha dùraig dhomh a dhol chun an dorais mhòir tha sin a dh'iarraidh Maighstir Sellar. O Dhàibhidh, tha an t-eagal orm!"

Cha robh Dàibhidh e fhèin a' faireachdainn cho dàna a-nis, ach cha robh e a' dol a leigeil dad air ri Ciorstaidh. "O na bi cho gealtach," thuirt e. "Bha mise an-seo roimhe còmhla ri m' athair. Bha sinn a' toirt muc òg chun na Ban-Iarla airson a dìnnear."

"An do dh'ith i fhèin a' mhuc air fad?" dh'fhaighnich Ciorstaidh is na sùilean aice a' sìor fhàs mòr.

"Och, nach tu tha gòrach! Bha pàrtaidh mhòr gu bhith aice is tòrr dhaoine air am fiathachadh. Tha cuimhne agam gun deach mi fhèin agus m' athair timcheall gu cùl a' chaisteil. Sin far a bheil na seirbheisich a' fuireach. Iarraidh sinn Maighstir Sellar fhaicinn an-sin."

Lean iad rathad beag a bha a' dol tro ghàrradh-càil agus seachad air na stàbaill a bha pìos air falbh on chaisteal. Bha gille-each ag obair an-sin, agus dh'èigh e dhaibh càit an robh iad a' dol.

"Tha sinn a' coimhead airson Maighstir Sellar," thuirt Dàibhidh gu pongail. "Am bi e anns a' chaisteal?"

"Bidh gu dearbh. Tha e a' bruidhinn ris a' Bhan-Iarla aig a' cheart mhionaid. 'S e an t-each aige a th' agam an-seo."

Bha coltas laghach air a' ghille agus thuirt Dàibhidh ris, "Tha mi airson bruidhinn ri Maighstir Sellar. Feumaidh mi bruidhinn ris an-diugh fhèin."

Thug an gille-each sùil gheur air. "Uill, chan eil e a' dol a dh'fhàgail na Ban-Iarla airson tighinn a bhruidhinn riutsa. B' fheàrr dhut fuireach gus an tig e a-mach. 'S dòcha gum bi greis mhath mus tig e, ach chì thu e, oir chan urrainn dha falbh às aonais an eich. Thigibh a-steach dhan stàball. Faodaidh sibh suidhe air an fheur fhad 's a tha sibh a' feitheamh. Eighidh mi oirbh nuair a chuireas e a dh'iarraidh an eich."

Bha e blàth, cofhurtail anns an stàball, agus bha a' chlann sgìth. Cha b' fhada gus an do dh'fhàs sùilean Ciorstaidh glè throm agus thuit i na suain chadail. Dh'fhuirich Dàibhidh na dhùisg, a' coimhead a-mach air an doras suas chun a' chaisteil, a' feitheamh agus a' sìor fheitheamh.

Bha a' ghrian a' dol fodha, 's bha Dàibhidh a' fàs an-fhoiseil. Bhiodh iad gan ionndrain aig an taigh mar tha, agus 's neònach mura biodh an athair a-mach a' siubhal air an son. Ach às dèidh tighinn air astar cho fada, cha b' urrainn dhaibh tilleadh dhachaigh gun am bàillidh fhaicinn.

Dhùisg Ciorstaidh, shuath i a sùilean agus choimhead i timcheall oirre. "O Dhàibhidh, tha i a' fàs dorcha 's tha sinne an-seo fhathast. Tha fios gu bheil am bàillidh air a dhol dhachaigh a-nis."

"Chan eil fhathast!" Le sin chuala iad fuaim cuideigin na ruith agus thàinig Calum Ros, an gille-each, a-steach dhan stàball.

"Tha agam ris an t-each aig Maighstir Sellar fhaighinn, agus a thoirt gu bonn nan steapaichean aig an doras mhòr," dh'èigh Calum ris a' chloinn. Thug e an t-each timcheall ceann a' chaisteil agus lean a' chlann e. Thàinig Maighstir Sellar a-nuas na steapaichean. Sheas Dàibhidh eadar Maighstir Sellar agus an t-each.

"Le ur cead, bu mhath leam bruidhinn ribh," thuirt e gu modhail. Choimhead Sellar air, a' feuchainn ri dèanamh a-mach cò bh' aige anns an dorchadas. "Thusa th' ann? An gille aig a' Mhoireach. Agus tha do phiuthar, leis na fiaclan biorach, còmhla riut cuideachd? Seadh, agus a bheil d' athair air do chur a dh'iarraidh maitheanas orm?"

"'S e nach eil!" thuirt Dàibhidh gu diombach. "Tha sinn air tighinn mun phàipear a bha ris an doras againn."

"Huh! Bha mi a' smaoineachadh nach còrdadh sin ri Seumas Moireach," thuirt Sellar, is e air a làn-dhòigh. "Ach nach e tha seòlta a' cur a chuid chloinne a dh'iarraidh maitheanas!"

"Cha do rinn e dad dhen t-seòrsa!" dh'èigh Dàibhidh, 's e a' fàs fiadhaich. "Chan fhaca m' athair am pàipear seo fhathast."

"'S e 'n fhìrinn a th' aige, a Mhaighstir Sellar," thuirt Ciorstaidh. "Chan eil fhios aig m' athair idir gu bheil sinn an-seo."

"'S fheàrr dhut am pàipear sin a thoirt air ais gu d' athair," thuirt Sellar ann an guth fuar. "Mura dèan sibh mar a tha mi ag iarraidh oirbh, cuiridh mi an lagh oirbh." Rinn e air an each, ach leum Dàibhidh a-rithist air a bheulaibh.

"Nach èisd sibh rium, a Mhaighstir Sellar? Bha m' athair dìcheallach mun fhearann aige, agus cha robh e riamh air deireadh leis a' mhàl. Bhriseadh e cridhe mo mhàthar nan tigeadh oirre Cùl Mhaillidh fhàgail."

"Mach às an rathad orm, a thrusdair! Till air ais dhan eabar às an tàinig thu." Phut Sellar às an rathad e cho cruaidh is gun do thuit e. Mus d' fhuair e cothrom nan cas a-rithist, bha Sellar air muin an eich agus a' dèanamh às. Leum Ciorstaidh gu cabhagach às an rathad. Chuir Dàibhidh a ghàirdean timcheall oirre. "'S e fìor dhroch dhuine a th' annad, a Mhaighstir Sellar," dh'èigh e as dèidh a' bhàillidh.

"Gabh air do shocair, a bhalaich, chan fheàirrde thu bhith a' gabhail droch ainm air a' bhàillidh idir," thuirt Calum Ros. "Ach a dh'aindeoin sin dh'fhaodadh e bhith air èisdeachd a thoirt dhut."

"As dèidh cho fad is a dh'fhuirich sinn, cha do rinn e feum sam bith!" Thòisich Ciorstaidh bhochd ri rànaich.

"B' fheàrr dhuinn a bhith gun tighinn idir." Bha Dàibhidh air an t-aithreachas a ghabhail. "Thugainn, a Chiorstaidh, 's fheàrr dhuinn dèanamh air an taigh." Chuir e am pàipear na phòcaid agus rug e air làimh air Ciorstaidh.

Thug iad dhiubh am brògan, agus rinn iad cabhag gus faighinn chun an rathaid mhòir a-rithist. Thionndaidh iad chun na làimh chlì agus lean iad an rathad gu Goillspidh. Bha solas fhathast anns a' Mhansa agus an taigh a' mhaighstir-sgoile, ach bha a' chuid a bu mhotha dhe na taighean ann an dorchadas, oir bha e cosgaiseach a bhith a' losgadh choinnlean.

Bha a' chlann letheach rathaid tron bhaile nuair a chuala iad coiseachd agus a chunnaic iad cuideigin a' tighinn thuca agus lanntair na làimh. "Athair!" dh'èigh Dàibhidh agus e ag aithneachadh cò bh' ann le solas an lanntair.

"Athair! Athair!" dh'èigh Ciorstaidh is chaith i i fhèin air a h-athair. "O athair, nach mi tha toilichte ur faicinn!" agus thòisich i air caoineadh.

"Càit an robh sibh, gu sìorraidh, a chlann?" dh'fhaighnich e dhaibh.

"Aig Caisteal Dhùn Robain. Chaidh sinn a bhruidhinn ris a' bhàillidh," dh'innis Dàibhidh dha.

"Chaidh sibh a bhruidhinn ri Maighstir Sellar? Carson?"

"Fhuair sinn am pàipear seo ris an doras." Shìn Dàibhidh am pàipear dha athair, agus leugh esan e le solas an lanntair.

"Bha dùil againn nan iarramaid maitheanas air a' bhàillidh gun gabhadh e am pàipear air ais," thuirt Ciorstaidh ri h-athair. "Ach chan èisdeadh e rinn as dèidh dhuinn feitheamh cho fada cuideachd – agus … agus tha mi cho sgìth." Thòisich na deòir a-rithist. Phaisg Seumas am pàipear agus chuir e na phòcaid e, agus thog e Ciorstaidh suas air a ghualainn.

"Thugainn ma tha, a ghaoil bhig! Cha chan sinn an còrr mu dheidhinn gus an ruig sinn an taigh. Gabh thusa an lanntair, a Dhàibhidh."

Nuair a ràinig iad Cùl Mhaillidh bha am màthair aig an doras gam feitheamh. "An tu a th' ann, a Sheumais?" dh'èigh i ris.

"'S mi. Agus tha a' chlann agam cuideachd. Agus tha iad sàbhailte."

"Taing do Dhia!"

Cha b' fhada gus an robh iad nan suidhe aig an teine ag òl cupa de bhainne blàth, is ag ithe aran agus càise. Dh'innis iad an uairsin mar a thachair aig Dùn Robain.

"An e mi fhèin 's Dàibhidh as coireach gum feum sinn ar dachaigh fhàgail?" dh'fhaighnich Ciorstaidh gu draghail.

"Chan e, a luaidh, bhiodh e air tachairt co-dhiù, ach is dòcha gun do chuir sibhse cabhag air. Tha an aon rud a' tachairt dhuinne 's a thachair do mhòran eile ann an Cataibh mar tha, agus tha tuilleadh ri falbh fhathast."

"Ach carson a tha iad gar cur a-mach às ar dachaigh?" dh'fhaighnich Dàibhidh.

"Airson àite a dhèanamh dha na caoraich, a bhalaich. Gheibh a' bhean-uasal an Dùn Robain barrachd airgid o thuathanaich chaorach."

"Ach tha i beartach gu leòr mar tha. Tha dreasaichean sìoda aice, agus bha cuideigin ag innse dhomh gum bi i ag ithe feòil trì tursan san latha."

"Chan eil sin gu diofar! Tha barrachd luach ga chur air caoraich na air daoine anns an latha th' ann."

Bha Ceit Mhoireach air a bhith ag èisdeachd gu sàmhach fhad 's a bha iad a' bruidhinn, agus a cridhe briste. "Tha ginealaich de Mhoirich air a bhith ann an Cùl Mhaillidh. Seo far an do rugadh thusa, Sheumais, agus seo far an tàinig mise nam bhean òg, agus seo far an do rugadh a' chlann againn. A-nis cha bhi Moirich gu bràth tuilleadh ann an Cùl Mhaillidh." Chrom i a ceann agus cha tuirt duine facal airson dhà no trì mhionaidean, gus an do bhruidhinn i fhèin a-rithist.

"Dè an ùine a th' againn mus feum sinn falbh?"

"Còig seachdainean," dh'innis e dhi is e gu math tùrsach.

"Ach càit an tèid sinn? Càit an tèid sinn?" dh'fhaighnich Ciorstaidh. Chuir a màthair a làmhan timcheall oirre.

"Na bi a' caoineadh, a ghaoil. Gheibh sinn cuideachadh fhathast," thuirt i ann an guth làidir, mar gun robh i a' faicinn gu soilleir roimhpe dè bha a' dol a thachairt.

2. CUL MHAILLIDH NA SMAL

Chaidh dhà no trì sheachdainean seachad gun mhòran a' tachairt ann am beatha na cloinne; bha iad a' buachailleachd is a' bleoghain a' chruidh agus a' biathadh nan cearc. Bha am màthair a' dèanamh ìm is càise is gruth mar a b' àbhaist, ach cha robh Seumas Moireach idir ag obair an fhearainn. Bha e tric air falbh aig an fhèill ann an Dòrnach, agus bha beathach is beathach a' falbh às a' bhàthaich. Mu dheireadh reic e a' mhuc fhèin.

"An d' fhuair thu deagh phrìs oirre?" dh'fhaighnich Ceit.

"Cha robh i dona." Thug Seumas an t-airgead do Cheit agus chuir i dhan chiste e.

"Chan fhada gus am bi gu leòr againn airson ar turas," thuirt i.

"Chan fhalbh sinn gus an cuir iad a-mach sinn," thuirt Seumas le feirg. "Agus cha bhi e furasda do Phàdraig Sellar mise a chur a-mach às mo dhachaigh."

Bha e a' tighinn faisg air an àm a dh'fheumadh iad an taigh fhàgail. Ach air an deicheamh latha dhen Chèitean, an latha mus robh aca ri falbh, thàinig Iain, bràthair Sheumais, à Dòrnach. Bha coltas draghail air.

"A Sheumais, an tig thu air ais còmhla rium? Tha ar màthair glè mheadhanach, agus chan eil an dotair a' smaoineachadh gum mair i fada."

"O Iain, 's e droch naidheachd tha sin agus tha i a' tighinn aig fìor dhroch àm dhuinn. Tha fios agad gu bheil againn ri bhith a-mach às an taigh a-màireach."

Choimhead Iain gu dùrachdach air a bhràthair. "Dè nì thu ma tha? Tha ar màthair a' faighneachd air do shon fad na tìde. Am feum mi tilleadh agus innse dhi nach urrainn dhut tighinn?"

Rinn Seumas suas inntinn gu sgiobalta. "Cha dèan thu sin idir. Bha i na deagh mhàthair dhomhsa."

"Ma tha i gad iarraidh, feumaidh tu dhol far a bheil i," thuirt Ceit ris.

"Ach dè nì thusa nuair a thig Pàdraig Sellar gad chur a-mach às an taigh a-màireach?" dh'fhaighnich Iain.

"Cuiridh mi litir thuige ag innse dha gu bheil mo mhàthair meadhanach, agus ag iarraidh air ar fàgail anns an taigh greiseag eile. Tha fios gun dèan e sin, oir tha na Moirich air a bhith an-seo airson ùine mhòr. Tha fios nach dèanadh seachdain eile mòran diofair. Canaidh mi ris, ma nì e seo dhomh air sgàth mo mhàthar, gum fàg mi an taigh gun strì nuair a thig an t-àm, ged a bhios e doirbh dhomh sin a dhèanamh, Iain. Tha e duilich mar a tha a' tachairt dha na daoine anns an dùthaich seo. Chaidh mòran a dh'Ameireaga mar tha. Tha Ban-Iarla Chataibh a' saoilsinn barrachd dhe na caoraich air na beanntan na tha i dhe na daoine," thuirt Seumas gu searbh. "Ach bheir Ceit dhut greim a dh'itheas tu fhad 's a tha mise a' sgrìobhadh na litreach. A Dhàibhidh, am beartaich thu an t-each dhomh?"

Nuair a bha Seumas ullamh a sgrìobhadh na litreach, thug e do dh'Iain i airson a leughadh.

"Aidh, tha sin ceart gu leòr. 'S e duine gu math cruaidh a dhiùltadh sin, a Sheumais."

Thàinig Dàibhidh a ràdh gun robh an t-each deiseil. Phaisg Seumas an litir.

"Chuirinn an litir gu Pàdraig Sellar aig Dùn Robain, ach tha eagal orm gun tèid i air chall. Fàgaidh mi na do chùram i, a Dhàibhidh. Cum do shùil a-mach airson a' bhàillidh tràth sa mhadainn a-màireach, agus thoir an litir dha cho luath is a ruigeas e an doras."

"Nì mi sin, athair."

"Bi modhail agus cum smachd air do theanga," thuirt

athair ris. "Cuimhnich gu bheil thu a' gabhail m' àite-sa, agus coimhead às dèidh do mhàthair agus do phiuthar cuideachd. Bidh mi air ais cho luath 's as urrainn dhomh."

Leis a sin, dh'fhàg Seumas slàn aig an teaghlach.

An oidhche sin, bha Dàibhidh na shìneadh anns an leabaidh, a shùilean fosgailte agus e a' coimhead dhan dorchadas. Chaidh crith troimhe mar gum biodh droch rud a' dol a thachairt. Mu dheireadh fhuair e cadal. Dhùisg a mhàthair e anns a' mhadainn.

"Siuthad, a Dhàibhidh, èirich! Tha i a' tòiseachadh ri soilleireachadh agus tha do bhracaist deiseil."

Chuir i na bobhlaichean brochain agus siuga bainne air a' bhòrd. Cha tubhairt duine guth fhad 's a bha iad ag ithe, agus an uairsin sgioblaich Ceit na soithichean. Bha iad glè mhì-shunndach a' smaoineachadh air an athair air falbh ann an Dòrnach agus gun fhios dè bha a' dol a thachairt dhaibh.

Cha robh iad fada a' feitheamh. Chunnaic iad sreath de dhaoine air eich o oighreachd Dhùn Robain a' nochdadh aig Coille Dhruim Muighe, agus Pàdraig Sellar air an ceann. Bha Ceit agus an dithis chloinne aig an doras nuair a ràinig iad an taigh.

"Càit a bheil Seumas Moireach?" dh'fhaighnich Pàdraig Sellar gu garg. Fhreagair Dàibhidh e. "Tha mo sheanmhair a' bàsachadh, agus chaidh m' athair far a bheil i ann an Dòrnach. Dh'iarr e orm an litir seo a thoirt dhuibh."

Rug Sellar air an litir agus leugh e i.

"Na breugan!" thuirt e. "Chan eil seo ach airson dàil a chur anns a' chùis."

Shad e an litir air an talamh.

"'S e 'n fhìrinn a th' ann. 'S e gu dearbh!" thuirt Ceit. "Nach leig sibh leinn fuireach an-seo latha no dhà eile gus an till e. Cha bhi e fada."

"Cha leig na airson uair eile! A-mach à seo leis a h-uile sgath àirneis a th' agaibh."

"Ciamar a bheir boireannach bochd agus dithis chloinne an stuth trom tha seo a-mach?" thuirt Ceit gu h-iomagaineach.

"Bha fad dà mhìos aig Seumas Moireach airson an àirneis aige a thoirt a-mach às an taigh agus an còrr tìde chan fhaigh e. Tog thusa an smodal sin a-mach."

"'S ann leinne tha an taigh seo, a Mhgr Sellar, agus chan eil sinn a' dol ga fhàgail gun strì," thuirt Ceit agus choisich i a-steach dhan taigh. Lean Ciorstaidh is Dàibhidh i. An àite tòiseachadh ris an àirneis a chruinneachadh, 's ann a shuidh i air sèithear agus dh'iarr i air a' chloinn an aon rud a dhèanamh.

Chuir seo an caoch air a' bhàillidh.

"A-steach leibh, fhearaibh. Thoiribh an àirneis a-mach. Cha leig sibh a leas a bhith uabhasach faiceallach timcheall oirre nas motha. Cha d' fhiach i mòran co-dhiù."

Ghabh na fir a-steach dhan taigh agus shad iad am preasa is am bòrd is na leapannan a-mach air an starsaich.

An ath rud, bha na soithichean brèagha nan sprùilleach, ach nuair a chunnaic Ceit an t-aodach leapa ga stampadh fo na casan aca anns a' pholl, cha b' urrainn dhi suidhe na b' fhaide.

Chaidh i na ruith a-mach agus chruinnich i na plangaidean agus thug i a-steach dhan taigh iad. Cha tuirt i facal ach thug i sùil cho mìchiatach air a' bhàillidh 's gun tuirt e ris na fir aige, "Cha leig sibh a leas a bhith buileach cho garg."

Thionndaidh e an uairsin ri Ceit agus thuirt e, "A-nis ma dh'èireas sibh fhèin agus ur mac far nan sèithrichean, bheir iad a-mach gu faiceallach iad."

"Feumaidh sibh sinne a thogail a-mach còmhla riutha ma tha, oir cha toir mise ceum a-mach às an taigh seo air mo dhà chois fhèin," thuirt Ceit ris.

"A-mach leatha!" dh'èigh Sellar ris na fir.

Dh'èirich Ceit gu pròiseil na seasamh.

"A' chiad fhear agaibh a chuireas làmh ormsa, fairichidh e na h-ìnean agam air aodann!"

Thug na fir ceum air ais. Cha robh duine aca airson a bhith air thoiseach.

"Tha sin gu leòr de mhì-mhodh!" dh'èigh Sellar agus an droch-nàdar a' sìor èirigh. "Cuiribh teine ris an tughadh! Mura cuir sin a-mach i, bidh i air a losgadh gu bàs."

Rug fear dhe na fir air lasair de ròiseid is giuthas a bha iad air a thoirt leotha, agus stob e dhan teine e airson a lasadh. Sheas e air sèithear agus chuir e an lasair ris na ceanglaichean is ris an tughadh, agus suas a ghabh iad anns an spot. Chaidh na fir nan ruith a-mach.

Ged a bha an taigh làn ceò, bha Ceit Mhoireach na seasamh gun ghluasad. Gu h-obann thuig Dàibhidh an cunnart anns an robh iad. Rug e air a gàirdean. "Thigibh a-mach, a Mhàthair! Tha an taigh gu bhith mar claigeann!"

Ach fhathast cha robh i ach a' coimhead timcheall oirre mar nach robh i a' tuigsinn càil.

"A Mhàthair! A Mhàthair! Thigibh a-mach! Mura tig, bàsaichidh sinn uile an-seo!"

'S ann nuair a thuig i cunnart na cloinne a thill a mothachadh thuice. Leis a' cheò ag iathadh mun timcheall agus èibhlean tughaidh a' tuiteam aig an casan, thàinig i na ruith a-mach às an taigh, agus a' chlann aice.

"Bha mi dhen dùil gun cuireadh siud a-mach an sionnach agus na cuileanan!" thuirt Sellar le gàire.

Sheas Ceit Mhoireach mu choinneimh aig a làn-àirde. 'S e boireannach mòr a bh' innte, agus guth cumhachdach aice.

"An-diugh cha do nochd thusa tròcair dhuinne bha a' fulang. Coimhead ris an latha a thig fulangas air an

dachaigh agad fhèin agus nach bi tròcair ann dhut. Chuir thu teine ris an dachaigh seo, ach tha an teine agus an ceò sin ag èirigh dha na speuran a dh'iarraidh dìoghaltas ortsa. Cha bhi fois agad gu sìorraidh tuilleadh. Leanaidh an aingidheachd seo dhan uaigh thu!"

Bha Pàdraig Sellar a-nis cho geal ris an anart. Thug e ceum air ais bhuaipe. "Cha - chan eil annad ach a' bhana-bhuidseach!" dh'èigh e. "Na cuir thusa do chuid mhallachdan ormsa no stiallaidh mi thu!"

Thug i sùil mhìchiatach air a-rithist agus leag e a shùilean.

"Nach eil thu air cron gu leòr a dhèanamh air an teaghlach seo?" dh'fhaighnich i dha gun eagal sam bith. "Gabh a-mach à seo. Tha thu air do ghnothach a

dhèanamh." Thionndaidh i a cùlaibh ris.

Bha e mar gun robh e a' dol a dhèanamh freagairt, ach an uairsin leum e air an each agus dh'iarr e air na fir an cuid a chruinneachadh agus a leantainn.

Sheas Ceit Mhoireach agus a' chlann a' coimhead nam fear a' falbh sìos an leathad. Air an cùlaibh bha a' ghaoth a' tighinn far a' chuain agus a' siabadh a' cheò on tughadh tarsainn na dùthcha. An-dràsda 's a-rithist chluinneadh iad fuaim cabair a' tuiteam am broinn an taighe agus dh'èireadh fras de shradagan dhan iarmailt.

Gu h-obann, mar nach gabhadh a casan an cuideam na b' fhaide, thuit Ceit chun an talaimh, a' caoidh rithe fhèin, "Mo phàisdean! Mo phàisdean! Dè chanas ur n-athair nuair a chì e seo? Abair fàilte!"

Thòisich Ciorstaidh ri rànaich ach bha Dàibhidh na bu làidire. Bha esan cinnteach dè bha a' dol a thachairt. "Na bithibh a' caoineadh, a Mhàthair! Togaidh sinn taigh ùr. Na biodh dragh oirbh."

"Ach càite, a Dhàibhidh, càite?" dh'fhaighnich a mhàthair gu mì-dhòchasach. Cha dèanadh am bàillidh ach a leagail a-rithist."

"O, chan ann an-seo!" thuirt Dàibhidh rithe. "Gheibh sinn àite, a mhàthair. Thuirt sibh fhèin gum faigheadh. Togaidh m' athair taigh eile agus cuidichidh mis' e."

Choimhead Ceit air a' ghille. "Tha mi gad chreidsinn, a Dhàibhidh." Bhuail boinne uisge air a làimh. Leum i na seasamh. "Dè nì sinn? Tha a h-uile càil a th' againn na laighe thall 's a-bhos agus an t-uisge a' tòiseachadh. Càit am faigh sinn fasgadh?" Choimhead i air an tobhta dhubh a bha uair na dachaigh aca.

"Gheibh mise a' chairt," thuirt Dàibhidh. "Cha do rinn iad dad oirre."

Chuir iad a' chairt ri tobhta an taighe. Chuir iad na bobhstairean agus an t-aodach leapa foidhpe. Lorg Ciorstaidh a' chiste-mhine. Bha fir a' bhàillidh gun a briseadh. Chruinnich Ceit na poitean nach do bhris fir a' bhàillidh na bu mhotha.

Chuala iad cearc a' gogail anns a' ghàrradh-chàil. Dh'fhalbh Ciorstaidh na ruith agus thill i le trì uighean anns an aparan aice.

"Togaidh mise teine agus 's dòcha gum bruich sibh na h-uighean dhuinn, a Mhàthair. Tha an t-acras a' tighinn orm." Bha beagan nàire air Dàibhidh seo aideachadh agus e a' toirt sùil air an dachaigh.

"Tha teine gu leòr an-sin a nì a' chùis fad ar beatha," thuirt a mhàthair, ach thòisich i ri biadh a dheasachadh. 'S ann a thug e faothachadh dhi.

"Cruinnichidh sinne na 's urrainn dhuinn dhen àirneis," thuirt Dàibhidh ri Ciorstaidh. Rinn iad seo, agus nuair a bha am biadh deiseil bha i air turadh a dhèanamh. Thug iad na sèithrichean chun a' bhùird anns an iodhlainn. Thuirt Dàibhidh, "'S toigh leam seo, a' gabhail ar biadh a-muigh."

Chrath Ceit Mhoireach a ceann ach cha b' urrainn dhi gun ghàire a dhèanamh a' faicinn mar a gheibheadh clann toileachas eadhon am measg mì-fhortain.

"Abair thusa gu bheil e a' còrdadh riut an-dràsda fhad 's a tha a' ghrian a' deàrrsadh, ach fuirich thusa gus an sèid na gaothan fuara, 's gus an tig an sneachda far nam beanntan. Bidh tu an uair sin ag iarraidh mullach os do chionn agus àite blàth ris an teine. Agus chan eil fhios càit am faigh sinn e."

Nuair a thuit an dorchadas theann iad ri chèile fo na plangaidean am fasgadh na cairte. Bha Dàibhidh air lanntair a lasadh, agus bha e air an talamh rin taobh. Bha deàrrsadh dearg fhathast à eibhlean an taighe.

"Bidh d' athair an còmhnaidh a' dèanamh ùrnaigh. Saoil am b' urrainn dhutsa facal a ràdh na àite, a Dhàibhidh? Agus 's dòcha gun gabh sinn salm an uair sin," thuirt Ceit.

'S e fuaim nan guthan aca a' seinn "Is e Dia fèin is buachaill dhomh" an rud a chuala Seumas Moireach nuair a dhìrich e an leathad agus a chunnaic e an dachaigh aige na h-èibhlean dearg. Chlisg e. Stad e an t-each airson tiotan agus an uair sin chuir e ris an leathad e gu cabhagach.

"Seo m' athair!" dh'èigh Ciorstaidh agus i a' cluinntinn fuaim an eich. Stad an t-seinn agus thàinig iad a-mach bhon chairt.

"A bheil thu sàbhailte, a Cheit? A bheil thu fhèin agus a' chlann ceart gu leòr?"

"Tha, Sheumais, tha sinn sàbhailte, ach a Sheumais, tha do dhachaigh na smàl."

Shad Ceit i fhèin a dh'achlaisean a companaich, agus

shil na deòir a bha i a' cumail aice fhèin fad an latha sin.

"Gabh air do shocair, a luaidh, gabh air do shocair! Seo, a Dhàibhidh, gabh an t-each! Cuir dhan phàirc e."

Chuir Seumas Moireach a ghàirdeanan gu teann timcheall air a bhean.

"Do mhàthair, a Sheumais? A bheil i - a bheil i…?"

"Tha, a luaidh, chaochail i. Shìolaidh i air falbh gu socair na cadal. Ach bha fios aice gun robh mi ann còmhla ri Iain, agus bhruidhinn i rium mus do chaochail i."

Dh'fhàs an t-aodann aig Seumas feargach, agus e a' coimhead timcheall air an fhasgadh bhochd a bh' aca agus a chuid àirneis na thòrr air an talamh.

"An e Pàdraig Sellar a rinn seo air mo dhachaigh?"

"'S e. Chuir e teine ris an tughadh agus bha e a' magadh fhad 's a bha e a' losgadh."

"Thug thu dha mo litir, a Dhàibhidh?" dh'fhaighnich Seumas gu geur.

"Thug, athair, cho luath is a thàinig e, agus nuair a leugh e i, shad e chun an talaimh i."

Chuir seo an caoch ceart air Seumas Moireach.

"Thèid mi gu Dùn Robain agus dèiligidh mi ri Pàdraig Sellar!"

Rug Ceit air làimh air. "Cha tèid, a Sheumais, fuirich còmhla rinn a-nis. Ma chuireas tu làmh air, cuiridh Sellar dhan phrìosan thu. Nach eil sinn air gu leòr fhulang?"

"Na biodh eagal ort, a luaidh," thuirt e ri bhean. "Fuirichidh mise còmhla ribh."

Le solas an lanntair, lorg Ceit aran-coirce agus càise.

"Bidh an t-acras ort às dèidh tighinn air astar," thuirt i. Fhad 's a bha Seumas ag ithe, dh'fhaighnich i dha, "Dè nì sinn? Tha e soilleir nach urrainn dhuinn fuireach an-seo."

Thug Seumas greiseag a' smaoineachadh. "A-màireach

3. TRIOBLAID AIR AN RATHAD

Air an rathad gu Dòrnach thadhail iad air taigh iasgair a bha ag iarraidh an t-eathar aig Seumas Moireach a cheannach dha mhac. Rinn iad còrdadh agus chuir seo suim bheag eile ris na bh' aca de dh'airgead anns an sporan.

"Chan eil mòran ann," thuirt Seumas ri bhean, "ach chan urrainn dhuinn an t-eathar a thoirt leinn. Bha Uilleam Blair onarach gun do phàigh e air a son. Dh'fhaodadh e bhith air a toirt leis dha fhèin aon uair is gun robh sinn air falbh."

"Am bi eathar againn ann an Glaschu, athair?" dh'fhaighnich Dàibhidh. Bha e a' còrdadh ris a bhith ag iasgach còmhla ri athair.

Cha robh Seumas Moireach ro dhòchasach. "Tha abhainn a' ruith tro Ghlaschu gun teagamh – Abhainn Chluaidh – ach chan eil mi a' smaoineachadh gun urrainn dhuinn eathar a bhith againn oirre. Tha cus dhaoine ann an Glaschu airson gum biodh eathar aig a h-uile duine."

"A bheil ceud duine ann?" dh'fhaighnich Ciorstaidh. Thuig Seumas bhon cheist aice nach robh mòran tuigse aig a' chloinn cò ris a bha am baile mòr coltach. "Chan e ceudan a th' ann ach mìltean," fhreagair e.

"Mìltean," arsa Ciorstaidh le iongnadh. "Ciamar a gheibh sinn eòlas orra air fad?"

"Chan fhaigh gu bràth. Tha h-uile seòrsa duine ann an Glaschu, cuid dhiubh math is cuid dhiubh dona. Nuair a ruigeas sinn feumaidh sinn cumail againn fhèin airson greis. Feumaidh sinn a bhith faiceallach."

Nuair a ràinig iad Dòrnach, dh'fhàg iad an àirneis aig Iain Moireach airson a reic dhaibh.

"Glè mhath, a Sheumais, nì mi mo dhìcheall," gheall e. "Nuair a reiceas mi an àirneis, cuiridh mi thugad an t-airgead ann an cùram cuideigin earbsach."

"Tapadh leat, Iain. Agus feuch gun sgrìobh thu thugainn an-dràsda 's a-rithist le naidheachdan Dhòrnaich."

"Nì mi sin, a Sheumais. Tha mi 'n dòchas gun tèid gu math leat, a bhalaich!"

Bha na bràithrean glè mhuladach a' dealachadh ri chèile. Thog Seumas Moireach agus a theaghlach orra tarsainn Alba. Lean iad an rathad ri taobh Caolas Dhòrnaich gu Inbhir Sìn. Bha an t-earrach tràth air a' bhliadhna seo agus an t-sìde blàth, agus bha duilleach is blàthan nan craobh a' deàrrsadh le dathan buidhe is purpaidh is dearg air bruaichean Abhainn a' Chaoil.

Uaireannan thigeadh Ciorstaidh is Dàibhidh a-nuas às a' chairt a ruith cas-ruisgte air an fheur bhog a bha a' fàs air an rathad. Bhiodh iad a' cluich falach-fead am measg nam preas air bruaichean na h-aibhne. Gu tric bha iad pìos math air thoiseach air a' chairt.

"Feuch cò as luaithe gheibh gu mullach a' chnuic ud thall!" dh'èigh Dàibhidh ri Ciorstaidh.

"Chan eil sin ceart! Tha ceum toisich agads' ormsa!" fhreagair Ciorstaidh.

Eadar gàireachdainn is plosgadaich, a-mach a ghabh iad suas cùl nam preas gu mullach a' chnuic a bha a' coimhead sìos air rathad nan dròbhairean. Ràinig Dàibhidh am mullach an toiseach.

"Tha mi a' faicinn na cairt!" dh'èigh e ri Ciorstaidh. An-sin sheas e gu sàmhach a' sìor choimhead. Timcheall lùib anns an rathad air cùl na cairte, nochd teaghlach de cheàrdannan. Bha dithis dhaoine air muin phònaidhean a' marcachd ri taobh cairt anns an robh dà bhoireannach nan suidhe. Bha cuip aig fear dhiubh na làimh, agus e a' sealltainn dhan fhear eile cairt Sheumais Mhoirich

chuid?" dh'fhaighnich am fear leis a' mhaide. "Fàgaidh
sinn agad a' chairt agus 's dòcha plangaid no dhà, ma nì
thu mar a dh'iarras sinn ort."

Cha robh Seumas airson dealachadh ri chuid. Thàinig
fear dhe na fir na b' fhaisge, agus e fhathast air muin an
eich. "Thoir dhuinn an t-airgead no dìolaidh tu air! An
t-airgead! Greas ort! 'S math as aithne dhomhsa dòighean
nan croitearan. Bidh airgead agad às dèidh do ghoireasan
a reic."

"Thoiribh leibh na tha sibh ag iarraidh, ach fàgaibh
mo dhuine!" dh'èigh Ceit.

Bha Dàibhidh a-nis air preas a ruighinn a bha mu
fhichead slat air falbh. Chuir e làmh na phòcaid agus
thug e a-mach clach-bhogha air a dhèanamh le maide
gobhlach agus pìos de chaolan caorach. Chuir e clach
dhan bhogha agus chuimsich e. Mhaoidh an ceàrd a'
chuip air Seumas. Leig Dàibhidh às a' chlach. Cha robh
tìde aige cuimseachadh ceart, 's an àite an duine a

bhualadh, bhuail a' chlach amhaich an eich. Dh'èirich am beathach air a chasan deiridh. Cha b' urrainn dhan cheàrd greim teann a dhèanamh, agus chaith an t-each e. Dh'fhalbh a' chuip às a làimh nuair a thuit e air an rathad mhòr. Thug an t-each a chasan leis. Cha robh air fhàgail a-nis ach am fear leis a' mhaide.

Bha aire-san air a chompanach, agus cha do mhothaich e do Dhàibhidh a' cuimseachadh a' chlach-bhogha a-rithist. Thog an ceàrd eile am maide gus gabhail do Sheumas Moireach mun cheann. Cho dìreach ri saighead shiubhail a' chlach agus bhuail i làmh a' cheàird le fìor bhrag. Leig e èigh às leis a' chràdh, agus thuit am maide. Leig Dàibhidh e fhèin èigh às. "Fuirich, Athair! Tha mise an-seo!"

Bha a' chiad cheàrd air a chasan a-rithist. Rug e air a chuip agus a-mach a ghabh e an lùib nam preasan as dèidh Dhàibhidh. Cho luath ri geàrr theich Dàibhidh a-steach am measg nam preasan.

Leum Seumas às a' chairt agus rug e air a' mhaide a thuit air a' cheàrd eile. Dh'fheuch an ceàrd ris an each aige a chur an aghaidh Sheumais, ach bha e soilleir gun robh caol a dhùirn briste. Dh'fheuch e breab air Seumas agus dh'èigh e ris an fhear eile, "Thig an-seo leis a' chuip, a Mhata! 'S e an duine tha sinn ag iarraidh. 'S ann aigesan a tha an t-airgead!"

Ach cha d' fhuair Mata ach aon bhuille a thoirt do Sheumas leis a' chuip. Ged a bha i air chrith leis an eagal, cha robh Ceit a' dol a leigeil leis na ceàrdannan gabhail dha na fir aice gun dad a dhèanamh i fhèin.

Thòisich i ri siubhal gu cabhagach am measg an stuth a bha anns a' chairt. Fhuair i greim air a' phana anns an do bhruich i am brochan anns a' mhadainn - leth-làn fhathast. Dh'èirich i na seasamh anns a' chairt, agus thug i am pana a-nuas air ceann Mhata cho cruaidh is a b' urrainn dhi. Leig e brag air a cheann, agus dhòirt am brochan sìos mu shùilean.

"Nach math a rinn sibh, a mhàthair!" dh'èigh Dàibhidh. Leum Ceit a-mach às a' chairt agus thog i a' chuip. "Ciamar a chòrdas e riut fhèin, ma tha?" dh'èigh i, agus i dèanamh air an fhear a bha air muin an eich. Stiall i leis a' chuip e. Bha aon bhuille gu leòr dha. A-mach a thug e fhèin is an t-each sìos an rathad. Leum Seumas a chuideachadh Dhàibhidh.

Bha esan a' cumail ris an fhear eile a bh' air an talamh. Leis a h-uile h-ùpraid a bh' ann, cha chuala duine aca turtraich nan each a' dèanamh orra air rathad na dròbh. Thàinig dithis fhear agus Ciorstaidh nan cabhaig, is greim teann aice mu mheadhan fir aca.

"Dè tha tachairt an-seo?" dh'èigh am fear a bu shine dhiubh. Thionndaidh Seumas gu cabhagach, ach chum e greim teann air Mata, an ceàrd.

"O, 's tu fhèin a th' ann, a Dhòmhnaill MhicRath! Nach math sin." Bha iad glè eòlach air a chèile. "Thug dà cheàrd ionnsaigh oirnn. Seo fear aca."

Cha b' urrainn do Dhòmhnall MacRath gun ghàire a dhèanamh, a' faicinn Ceit is cuip na làimh, agus an ceàrd air an talamh aig a casan. "Bha an nighean bheag agaibh ag ràdh gun robh sibh glè fheumach air cuideachadh, ach saoilidh mi gu bheil sibh a' dèanamh glè mhath leibh fhèin. Càit a bheil an trusdar eile?"

Sheall Seumas far an robh an ceàrd eile is e na dheann sìos an rathad. Rinn Dòmhnall gàire eile agus thug e sùil air Mata. Thàinig e a-nuas far an eich agus thog e Ciorstaidh a-nuas às a dhèidh.

"Feuch an toir mi sùil air an duine seo," thuirt Dòmhnall, agus e a' coimhead sìos air Mata. "Gu sealladh ort, a dhuine! Tha thu air do chrùnadh le brochan! Mata Mac a' Phì! Theab nach do dh'aithnich mi thu."

Dh'èirich Mata na sheasamh a' mallachadh air a shocair agus a' sgrìobadh a' bhrochain far aodainn.

"Uill, uill!" ars an seann dròbhair. "Tha thusa ris an olc mar as àbhaist. Chuala mi gun robh barantas a-mach air do shon gu ruige Ulapul. Mèirle air an rathad mhòr, nach e? Tha fios agad dè thachras dhut?"

Dh'fhàs Mata glas. Bha deagh fhios aige gur e crochadh a bha mu choinneimh airson mèirle air an rathad mhòr.

"Aidh, 's fheàrr dhut Ulapul a sheachnadh," thuirt Dòmhnall MacRath ris. "Ach 's dòcha gum bu chòir dhomh do thoirt gu fèill a' chruidh anns a' Bhlàr Dhubh. Dh'fhaodainn do thoirt suas dha na maoir an-sin. Tha thu air do ghlacadh dìreach anns a' bhad an turas seo."

Gu h-obann chuir Mac a' Phì car dheth fhèin mar an easgann à greim Sheumais Mhoirich. Dh'fhalbh e mar am fiadh, a' leum nam badan às dèidh a' cheàird eile, ag èigheach, "Fuirich rium, fuirich rium!" Stad am fear eile, thug e sùil feuch an robh duine às a dhèidh, agus tharraing e air srian an eich. Leum Mata Mac a' Phì suas air a chùlaibh, agus a-mach a ghabh iad far an robh an dà bhana-cheàrd gam feitheamh leis a' chairt.

"An do ghoid iad càil ort, a Sheumais?" dh'fhaighnich an seann dròbhair.

"Cha do ghoid, a Dhòmhnaill, is tha sinn taingeil, ach mura b' e Dàibhidh an-seo leis a' chlach-bhogha agus Ceit leis a' phana brochain, chan eil fhios dè bh' air tachairt. Bha mi glè thoilichte d' fhaicinn, a dhuine."

"O, cha do rinn mise mòran," arsa Dòmhnall. Thòisich e an uair sin ri gàireachdainn. "Feumaidh mi ràdh, a Mhaistreas Mhoireach - sibh fhèin agus am pana brochain - chan fhaca mi riamh a leithid. Sibh a dhèanadh math ann an Arm Bhreatainn a' sabaid an aghaidh nam Frangach!"

Rinn iad uile lasgan cridheil. "Ach innis dhomh, a Sheumais, carson a tha thu cho fada mach à Goillspidh agus a' cur d' aghaidh air an àird an iar?"

Bha an dithis fhear eòlach air a chèile, oir bhiodh iad a' coinneachadh aig na fèillean air an taobh an ear. Dh'innis Seumas do Dhòmhnall mar a chaidh an cur a-mach às an dachaigh, agus an taigh a chur na theine.

"Aidh, tha sin a' tachairt air feadh na Gaidhealtachd air fad," fhreagair Dòmhnall. "Ach càit a bheil thu a' dol le do theaghlach, a Sheumais?"

"A lorg bàta a bheir sinn gu ruige Glaschu. Tha mi a' cluinntinn gu bheil obair gu leòr ri faighinn an-sin."

Chrath Dòmhnall a cheann. "Tha sin fìor! Ach 's e obair a th' ann far a bheil mullach os do chionn o mhoch gu dubh, agus fuaim innealan nad chluais. Ciamar a chòrdas sin riut às dèidh sìth nam beann?"

"Mura bheil croitean ann dhuinn, feumaidh sinn tighinn beò mar as fheàrr as urrainn dhuinn," fhreagair Seumas gu searbh.

Leis a sin thàinig an crodh air an socair fhèin, ag ithe an fheòir ri taobh an rathaid mar a bha iad a' coiseachd.

"Feumaidh sinn d' fhàgail a-nis, a Sheumais." Rug Dòmhnall MacRath air làimh air a h-uile duine, ag ràdh le fiamh a' ghàire ri Ceit, "B' fheàrr leam thusa a bhith air an aon taobh rium na nam aghaidh, a mhaistreas." Agus dhealaich iad.

An oidhche sin, chaidil na Moirich ann an taigh-òsda Allt nan Cealgach. An ath latha nuair a dh'fhàg iad slàn aig fear an taigh-òsda dh'fhaighnich e dhaibh an robh iad a' dèanamh air Ulapul.

"Tha. Tha sinn a' lorg bàta a bheir sinn gu ruige Glaschu."

Chrath fear an taigh-òsda a cheann. "Mura faigh sibh bàta," ars esan, "tha iasgair onarach an-sin, Pàdraig Camshron, a chuidicheas sibh. Coimheadaibh a-mach air a shon."

Bha an turas socair gu leòr. Chan fhaca iad sealladh tuilleadh dhe na ceàrdannan. Bha an rathad cas agus clachach ach mu dheireadh ràinig iad mullach a' bhealaich.

Thòisich an rathad ri cromadh a-nis sìos gu Srath Chainneart, agus lean e bruaichean Loch Bhraoin gu Ulapul. Chaidh iad a-null air abhainn bheag agus ràinig iad am baile a bha a' cuartachadh a' bhàigh. Bha ceò ag èirigh à còrr is dà cheud simileir. Bha taighean ùra timcheall air acarsaid bheag, agus sràidean de thaighean eile air an cùl.

"Tha seo nas motha na Dòrnach!" dh'èigh Dàibhidh.

"A bheil Glaschu cho mòr seo?" dh'fhaighnich Ciorstaidh.

"Nas motha, mo laochag!"

"O." Dh'fhàs sùilean Ciorstaidh mòr.

"'S e deagh thaighean tha sin," thuirt Ceit, a' cuimhneachadh air an dachaigh a mhill iad oirre agus a b'fheudar dhi fhàgail.

"'S e. Thog Comann Iasgaich Bhreatainn iad dha na h-iasgairean. 'S iomadh baraillte de sgadan saillte a tha a' falbh à Ulapul gu ruige Glaschu. Gheibh sinn a-nis a-mach a bheil bàta ann a bheir sinn gu ruige Glaschu. Cum an t-each, a Dhàibhidh, fhad 's a bhios mise a' bruidhinn ris na h-iasgairean sin air a' chidhe."

Bha na fir a' glanadh nan lìon aca, agus stad iad nuair a bhruidhinn Seumas riutha.

"A Ghlaschu?" dh'fhaighnich fear dhiubh. "Bidh bàtaichean ann nuair a bhios iad ris an sgadan, ach chan eil aig an àm seo dhen bhliadhna."

Chuir seo dragh air Seumas. "Nach eil bàta a' seòladh eadar Ulapul agus Glaschu gu cunbhalach?"

Chrath an duine a cheann. "Uaireannan thig bàta suas an costa le siùcar is tombaca is na rudan eile bhios iad a' dèanamh an Glaschu, ach chan eil fhios aig duine le cinnt cuin a thig i. 'S dòcha a-màireach, no an ceann seachdain, no an ceann mìos."

Bha Seumas na èiginn. An robh e air tighinn air an astar seo airson am beagan airgid a bh' aige a chosg fhad 's a bha iad a' feitheamh bàta a bheireadh a Ghlaschu iad? An uair sin chuimhnich e air dè thuirt fear an taigh-òsda ris. "A bheil leithid a dhuine ri Pàdraig Camshron an-seo?" dh'fhaighnich e.

"Tha gu dearbh. Mise an dearbh dhuine!" thuirt fear dhe na fir mun chidhe.

"Thuirt fear an taigh-òsda an Allt nan Cealgach gun cuidicheadh sibhse sinn."

"Cha bhi mise a' dol a Ghlaschu le bàta. Ach nam biodh tu ag iarraidh a Steòrnabhagh ann an Eilean Leòdhais, a charaid…" Stad an duine gu h-obann. "Tha bàta a' falbh a h-uile seachdain à Steòrnabhagh agus a' dol a Ghlaschu. Tha i a' toirt bharailltean sgadain is ceilp on chladach gu na h-obraichean ceimigeach. Nam faigheadh tu gu ruige Steòrnabhagh, gheibheadh tu gu Glaschu air a' bhàta sin."

"An toir thusa mi fhèin is mo bhean is mo theaghlach gu ruige Steòrnabhagh?" dh'fhaighnich Seumas.

"Faodaidh mi sin. A-màireach tha mi a' dol a Steòrnabhagh a thoirt bheathaichean à Leòdhas airson an reic aig an fhèill anns a' Bhlàr Dhubh agus an Craoibh. An cuidich thu mi a' seòladh a' bhàta?"

"Cuidichidh gu dearbh," thuirt Seumas anns a' mhionaid. "Bha mi eòlach air bàtaichean fad mo bheatha. Dè chosgadh e dhuinn a dhol a Steòrnabhagh?"

"Ma chuidicheas tusa mise a' seòladh a' bhàta, chan fheum mi duin' eile còmhla rium. Agus cuidichidh fear dhe na dròbhairean mi a' seòladh a' bhàta air ais. Cia mheud agaibh a th' ann?"

"Mi fhèin is mo bhean is dithis chloinne."

"Am b' urrainn dhut sia tasdain a thoirt dhomh?"

"B' urrainn. Bhiodh sin glè mhath," dh'aontaich Seumas.

"Bithibh an-seo a-màireach air a' chidhe, aig còig uairean sa mhadainn gus an glac sinn an làn."

"Bidh sinn ann. Ach an toiseach feumaidh mi an t-each agus a' chairt a reic. An aithne dhut duine a cheannaicheadh iad?"

Chrath Pàdraig Camshron a cheann. "Chan aithne. Feumaidh tu dìreach faighneachd anns a' bhaile. Theirig gu Maistreas Robasdan anns a' bhùth. Dh'fhaodadh fios a bhith aicese."

Thill Seumas far an robh an teaghlach. Dh'innis e dhaibh mar a bha cùisean, agus gun robh e a-nis a' dol a lorg cuideigin a cheannaicheadh an t-each agus a' chairt bhuaithe. Chaidh e gu bùth Mhaistreas Robasdan, mar a chomhairlich Pàdraig Camshron dha.

Dh'innis Seumas a ghnothach dhi, gun robh iad air am fuadach à Cùl Mhaillidh, agus gun robh iad a' dèanamh air Glaschu, ach nach b' urrainn dhaibh falbh gus an reiceadh iad an t-each agus a' chairt. "An aithne dhuibhse duine sam bith a tha ag iarraidh beathach a cheannach?" dh'fhaighnich e.

Smaoinich Maistreas Robasdan airson tiotan beag, agus thuirt i: "Uill, a-nis, dè mun t-seann mhinistear, Mgr. MacGriogair? Tha e a' gearain gu bheil lòinidh na chasan, agus nach eil e furasda dha a bhith a' tadhal air a choitheanal. 'S dòcha gun ceannaicheadh esan an t-each agaibh, agus a' chairt cuideachd, mura bheil iad ro dhaor. Faodaidh sibh innse dhan mhinistear gur e Maistreas Robasdan anns a' bhùth a chuir ann sibh." Agus rinn i gàire beag.

Ghabh Seumas roimhe chun a' Mhansa, agus dh'innis e a sgeulachd dhan mhinistear. "Tha. Tha Maistreas Robasdan a' smaoineachadh nach bu mhisde mi each, a bheil? Oh, uill, 's e boireannach dòigheil a th' innte. 'S dòcha gu bheil i ceart."

Choisich am ministear air a shocair timcheall air a'

bheathach, a' coimhead air on a h-uile taobh. "Dè tha thu ag iarraidh air an each?" dh'fhaighnich e do Sheumas.

"'S fhiach e còig notaichean, ach ghabhainn na bu lugha airson a reic sgiobalta."

Bha truas aig a' mhinistear ris an teaghlach: "O, 's math as fhiach e còig notaichean," thuirt e.

An oidhche sin dh'ith iad suipear de dh'iasg a fhuair Dàibhidh airson a bhith a' cuideachadh nan iasgairean leis na lìn. An uair sin phacaig iad na plangaidean agus an àirneis taighe a bha iad a' toirt leotha. Chaidil a' chlann gu sunndach, ach 's e glè bheag a chadal a rinn am pàrantan, agus iad a' feitheamh ri briseadh an latha. Aig còig uairean bha iad còmhla ri Pàdraig Camshron air a' chidhe agus a' cur an cuid air bòrd. Ghluais am bàta air falbh on chidhe. Bha a' ghaoth a' tighinn far a' chladaich, agus cha b' fhada gus an robh iad a' seòladh sìos Loch Bhraoin agus a' cur an aghaidh air a' Mhaoil.

Ràinig iad Steòrnabhagh anmoch air an fheasgar agus chaidh iad a-steach dhan acarsaid. Bha i loma-làn bhàtaichean-iasgaich. Dhìrich Pàdraig Camshron am fàradh suas dhan chidhe, agus thug e sùil air na bàtaichean.

"A, siud an soitheach aig Peadar MacMhathain, *Catrìona*. Bidh i a' seòladh leis an làn, a' dèanamh air Glaschu le sgadan saillte agus ceilp. Thig thusa còmhla riumsa, a Sheumais. Faighnichidh sinn do Pheadar an toir e leis sibh."

Dh'aontaich Peadar MacMhathain an toirt leis air dusan tasdan, ach gum feumadh na Moirich am biadh fhèin a thoirt leotha. "Faodaidh sibh tighinn air bòrd an-dràsda. Bidh sinn a' falbh anns a' mhadainn leis an làn. Chan eil ann ach aon chèaban, ach ma tha plangaidean agaibh, faodaidh sibh sìneadh air an làr."

Chuidich e iad a' toirt an cuid air bòrd. Bha fàileadh làidir far an èisg, agus na bu làidire buileach far na ceilpe.

"Tha mi an dòchas nach dèan fàileadh na ceilpe bochd sibh," thuirt Peadar. "'S ann nas miosa a bhios e a' fàs mar a bhios sinn a' dol air adhart, ach feumaidh sibh dìreach gabhail ris. Cha bhi e dad nas miosa na na fàilidhean a tha romhaibh ann an Glaschu."

Bha e a' cur iongnadh air Dàibhidh is Ciorstaidh gu dè bha e a' ciallachadh. Cha b' fhada gus an d' fhuair iad a-mach.

As dèidh dhaibh falbh an ath mhadainn cha robh dad ri fhaicinn ach an cuan tulgach, agus corra uair cladach carrach, mar a bha am bàta a' seòladh gu deas. Bha an tinneas-mara air Ciorstaidh, agus bha i na sìneadh anns a' chèaban, agus Ceit a' coimhead às a dèidh. Cha mhòr gun do dh'fhàg Dàibhidh an deic fad na tìde, ach nuair a bha e na chadal air an oidhche. Bha e air a dhòigh na sheasamh ri taobh Pheadair MhicMhathain aig a' chuibhill ga choimhead a' seòladh a' bhàta.

An-dràsda is a-rithist leigeadh Peadar leis a' chuibheall a ghabhail, agus e fhèin na sheasamh ri thaobh. Bha Dàibhidh a' smaoineachadh gur e deagh chomharra a bha seo air a' bheatha ùir a bha roimhe.

4. AM BAILE MOR

Bha *Catrìona* a' seòladh suas Abhainn Chluaidh, a' dol o thaobh gu taobh dhen chaolas a bha gan toirt gu cidhe Bhroomielaw ann an Glaschu. Gu fortanach bha a' ghaoth na cùl, agus cha b' fheudar a cuideachadh le ròpan gus an robh i gu bhith aig a' chidhe.

Bha Ciorstaidh a' faireachdainn fada na b' fheàrr a-nis, agus bha i na suidhe anns an toiseach còmhla ri Dàibhidh a' coimhead nan seallaidhean. Bha rudeigin ùr ri fhaicinn a h-uile mionaid: na sràidean fada agus na togalaichean àrda a bha a' ruith sìos o Shràid Earra-Ghaidheal chun a' Bhroomielaw; drochaid nan seachd boghaichean tarsainn air Abhainn Chluaidh aig Sràid Iamaica; agus stìopall eaglais nan Gorbals ag èirigh air an cùl.

Nuair a chunnaic Dàibhidh na simileirean mòra agus ceò asda, dh'èigh e ri Peadar MacMhathain, "Dè tha siud?"

"'S e stacaichean a chanas muinntir Ghlaschu riutha. 'S e simileirean àrda a th' annta, airson ceò nam factaraidhean a thogail os cionn nan taighean."

"Factaraidhean. Dè a th' ann am factaraidhean?" dh'fhaighnich Ciorstaidh.

"Togalaichean mòra far am bi iad a' snìomh cotan. 'S iongantach mura bi sibh eòlach gu leòr orra fhathast," thuirt e gu gruamach.

Mus d' fhuair Dàibhidh faighneachd dha dè bha e a' ciallachadh, bha Ciorstaidh ag èigheach: "Seall mar a tha na taighean air an togail air muin a chèile! Cha robh mi a' smaoineachadh gun robh uiread a thaighean anns an t-saoghal air fad! Càit am fuirich sinne, a Mhàthair?"

Bha Ceit Mhoireach i fhèin a' coimhead air na taighean

coimheach, 's iad cho eadar-dhealaichte o na taighean ìosal tughaidh ann an Cataibh. "Càite gu dearbh?" thuirt i le osna throm. "O Sheumais, nach beag a bha dh'fhios agam gum biodh Glaschu cho mòr, is leithid de dhaoine ann. Càit am faigh sinne àite-fuirich?"

Bha Seumas Moireach e fhèin a' faireachdainn mar gun robh e air a mhùchadh, ach cha do leig e seo fhaicinn do Cheit no dhan chloinn.

"Och, ann am baile cho mòr seo, bidh àite ann dhuinne gun teagamh," thuirt e, agus e airson misneachd a thoirt dhaibh.

Mu dheireadh bha *Catrìona* ri taobh a' chidhe aig a' Bhroomielaw. Chruinnich Seumas, Ceit agus an dithis chloinne an ultaichean, agus dh'fhàg iad slàn aig Peadar MacMhathain. "An aithne dhut àite sam bith anns am faodamaid fuireach?" dh'fhaighnich Seumas dha.

Chrath Peadar a cheann. "Tha mise an còmhnaidh a' cadal air bòrd," dh'innis e dhaibh. "Dh'fhaodadh tu faighneachd dhan mhinistear aig Eaglais Sràid Ingram. 'S e Eaglais nan Gaidheal a th' aig daoine oirre. 'S e Maighstir MacLabhrainn a th' air a' mhinistear. 'S dòcha gun cuidich esan sibh."

"Thèid sinn far a bheil e. Ciamar a gheibh sinn gu Sràid Ingram?"

"Theirg suas Sràid Iamaica an siud," thug Peadar MacMhathain stiùireadh dhaibh. "Tionndaidh gu do làimh dheis aig Sràid Earra-Ghaidheal agus faighnich a-rithist. Chan eil mi fhèin buileach cinnteach às na sràidean."

Thog iad an ultaichean air am muin, agus a-mach a ghabh iad. Chuir an trabhaig air Sràid Earra-Ghaidheal uabhas orra. Sheas iad air a' chabhsair a' coimhead timcheall orra. Bha eich, cairtean, coidseachan agus daoine a' slaodadh chathraichean-giùlain a' dol sìos is suas an t-sràid aig astar. Bha glaodhaich nam marcaichean is nan draibhearan, glagadaich nan cruidhean air na clachan-moil, agus brag nan cuipean, a' bòdhradh nan cluasan aca, is gun iad cleachdte ri leithid de dh'fhuaim.

"'S gann gun creidinn e! Càit a bheil na daoine seo a' dol agus leithid a chabhaig orra?" dh'fhaighnich Ceit do Sheumas. "Càit a bheil sinn a' dol a-nis?"

Chrath e a cheann agus thionndaidh e a dh'fhaighneachd do dhuine beag truagh a bha na sheasamh faisg air. "Gabhaibh mo leisgeul. Càit a bheil Sràid Ingram?"

Thug an duine beag sùil orra. "Theirg tarsainn an rathaid agus gabh suas Sràid na Banrigh an siud. Bheir sin gu Sràid Ingram sibh. 'S e coigrich a th' annaibh an seo, nach e?"

"'S e gu dearbh," fhreagair Seumas.

"On Ghaidhealtachd?"

"'S ann. Cha do rinn sinn ach tighinn far bàta à Steòrnabhagh an-dràsda fhèin," fhreagair Seumas le neo-chiontas.

Thug an duine beag sùil gheur orra. "A bheil àite-fuirich agaibh?"

Chrath Seumas a cheann. "Bha mi a' dol gu Ministear Eaglais Sràid Ingram a dh'iarraidh comhairle air."

"'S iongantach gum faigh thu aig an taigh an-diugh e," thuirt an duine beag. "Seo an latha a bhios na ministearan a' tadhal air na coitheanalan. Ach 's dòcha gun stiùirinn fhèin air àite sibh."

"Bhiodh sin glè mhath gu dearbh, a charaid," thuirt Seumas. Dh'fheumadh iad àite-fuirich mus tigeadh an oidhche.

"An dèanadh 'single-end' an gnothach?" dh'fhaighnich an duine.

"'Single-end'? Dè tha sin?" dh'fhaighnich Ceit.

"Aon rùm, a mhaistreas."

Stad i. "Tha dà rùm air a bhith againn chun a seo, ach

55

's dòcha gun dèan aon rùm a' chùis an-dràsda."

"Nì e an gnothach gus am faigh mi obair," dh'aontaich Seumas.

"Chan eil obair furasda a lorg. Ach tha obraichean gu leòr ann do chloinn," dh'innis an duine dha, "ach 's dòcha gu bheil beagan airgid agad air a shàbhaladh?"

Thuirt Seumas gun robh.

"Ma tha, gheibh mise rùm dhuibh," thuirt an duine beag gleusda. "Tha e uabhasach doirbh rùm fhaighinn ann an Glaschu, gu h-àraid o thàinig na h-uimhir a dh'Eireannaich a-nall a dh'obair anns na muilltean-cotain. Pàighidh iad rud sam bith airson mullach os an cionn. 'S aithne dhomhsa aon chùil far a bheil ochdnar a' fuireach - dithis anns gach oisinn!"

Choimhead Ceit is Seumas air a chèile le uabhas. Cha robh dùil aca ri leithid seo anns a' bhaile mhòr.

"Ach 's aithne dhomh uachdaran aig a bheil rùm, agus tha fhios nach cumadh sibh suim bheag airgid bhuam nam bruidhninn ris?"

"Uill, cha chumadh." Stad Seumas. "Ach dè seòrsa rùm a th' ann?"

"Tha e suas staidhre aig mullach taighe."

"A bheil uinneag ann?" dh'fhaighnich Ceit. Bha i air cluinntinn mu lobhtaichean mar tha.

"Tha, tha uinneag ann, ach 's ann ann am mullach an taighe a tha i. Ach bheir mi ann sibh. Leanaibh mise tarsainn an rathaid."

Thug an duine ceum dàna am measg na trabhaig, agus lean na Moirich e. Lean iad e air sràid fharsaing an Trongate. Bha togalaichean àrd air gach taobh dhiubh agus bùthan a bha a' reic ghoireasan annasach. Bha e air còrdadh ri Ceit is Ciorstaidh beagan ùine a chur seachad a' coimhead anns na h-uinneagan, ach bha an duine beag a' cur cabhag orra.

Thionndaidh an duine beag suas sràid air cùl an

Trongate. Bha na togalaichean air gach taobh dhith cho faisg is gu robh na mullaichean aca cha mhòr a' bualadh na chèile. Bha an t-sràid coltach ri tunail dorcha. Bha fàileadh grod ann. Bha e a' tighinn far càrn ann am meadhan na sràide.

"Och, ach am fàileadh tha seo!" thuirt Ceit.

"Na gabh dragh sam bith dheth, a mhaistreas," thuirt an duine beag.

"Nuair a dh'fhàsas an t-sitig làn, bidh na fir ga toirt a-mach tron chlobhsa agus ga reic ri tuathanach airson inneir. Bidh a h-uile taigh san t-sràid an uairsin a' faighinn roinn dhen airgead on tuathanach. 'S tha sin a' cuideachadh le bhith a' pàigheadh a' mhàil. Suas an staidhre leibh a-nis!"

Lean iad e suas trì staidhreachan salach, gus an do ràinig iad doras a bha a' tuiteam far nan ursannan.

"Seo sinn!" ars an duine, a' fosgladh an dorais. 'S e lobhta a bh' ann le uinneag anns a' mhullach. Bha dà leòsan dhen uinneig briste agus luideagan air an dinneadh nan àite. Bha àite-teine beag ann, agus uisge a' tighinn a-nuas an simileir. Bha peile ri thaobh agus leabaidh-bocsa ann an oisinn. Bha bobhstair salach de chonnlach air uachdar na leapa, agus e air spreadhadh.

Sheas iad anns an doras, agus choimhead iad air a chèile.

"An tèid sinn a choimhead airson àite eile?" dh'fhaighnich Ceit.

"Cha bhi e furasda dhuibh àite cho math seo a lorg a bhios agaibh dhuibh fhèin," thuirt an duine beag.

"'S dòcha gum bu chòir dhuinn a ghabhail," thuirt Seumas Moireach ann an guth ìosal ri bhean. "Bheir e dhuinn mullach mar cinn gus an lorg sinn àite eile." Chuir e làmh na phòcaid. Chum an duine sùil gheur air, a' coimhead glè mhosach. Chuir Seumas an t-airgead na làimh. Dh'fhàg an duine beag slàn aca, agus ghabh e sìos an staidhre gu sgiobalta mus atharraicheadh iad an inntinn.

Sheas na Moirich a' coimhead air a chèile fhad 's a bha fuaim nan ceumannan air an staidhre a' sìor fhalbh.

"Uill, tha àite againn dhuinn fhèin," thuirt Seumas 's a chridhe trom.

"O, Sheumais, cha robh dùil agam gum biodh e mar seo sa bhaile mhòr!" Thòisich Ceit ri caoineadh. "O, am fàileadh a th' às! Dè bheirinn air oiteig de ghaoth chùbhraidh nam beann!"

Thòisich Ciorstaidh ri caoineadh cuideachd. "Tha e uabhasach salach! O, Mhamaidh! Tha daolag a' sreap suas ris a' bhalla!"

"Gu sealladh! Tha mìolan san àite cuideachd," thuirt Ceit.

"A bheil càil agadsa idir air an gearain thu?" dh'fhaighnich Seumas dha mhac.

"Thoir dhomh beagan airgid, athair, 's thèid mi sìos an t-sràid."

"Carson?" dh'fhaighnich a mhàthair.

"A cheannach peile 's a tharraing uisge aig an tobar. Tha sinn gu bhith feumach air uisge. Bidh tobar san t-sràid am badeigin."

"Tha thu ceart, a Dhàibhidh, chan eil feum a bhith caoineadh. Feumaidh sinn rudeigin a dhèanamh. Fhad 's a tha thu san t-sràid, ceannaich siabann cuideachd. Tha bruis-sgùraidh agam am measg nan ultaichean sin am badeigin. Tòisichidh sinn le sgùradh an taighe o mhullach gu làr."

"Fuirich riumsa, Dhàibhidh! Thig mise còmhla riut," dh'èigh Ciorstaidh.

Chaidh an dithis aca sìos an staidhre.

Sheas Seumas agus Ceit a' coimhead air a chèile. "Na bi cho draghail, a Cheit," ghuidh e oirre. "Bidh an rùm a' coimhead nas fheàrr nuair a bhios teine ann agus

58

beagan àirneis. Nuair a thilleas a' chlann, thèid mise mach a lorg bhioran agus gual, agus chì mi an lorg mi seann bhòrd 's sèithrichean agus leabaidh eile."

"Bidh e glè mhath, a Sheumais. Tha - tha h-uile càil cho neònach as dèidh Chùl Mhaillidh. Gheibh sinn air adhart glè mhath, agus nì sinn beatha ùr, aon uair 's gum faigh thu obair."

"Agus tha a' chlann feumail," thuirt Ceit. "Tha Dàibhidh a' faicinn dè tha ri dhèanamh, 's chan eil Ciorstaidh fada air a chùlaibh."

'S beag a bha dh'fhios aca an earbsa a bha iad a' dol a chur anns a' chloinn anns na mìosan a bha ri tighinn!

Dh'obraich Ceit agus Ciorstaidh gu cruaidh a' glanadh an rùm. B' fheudar dhaibh a dhol sìos is suas an staidhre iomadach turas a dh'iarraidh uisge on tobar.

Thòisich Seumas a' lorg obair san spot, ach leis na h-Eireannaich a bha deònach obrachadh airson beagan airgid, bha cus dhaoine às dèidh glè bheag de dh'obraichean. Cha robh feum aig duine sam bith air fear a bh' air a bhith na thuathanach.

"Carson nach tèid thu dh'iarraidh comhairle air Maighstir MacLabhrainn?" thuirt Ceit. "'S dòcha gum biodh fios aigesan mu obair dhut."

Chrath Maighstir MacLabhrainn a cheann gu gruamach nuair a thog Seumas an gnothach leis. "Tha an deagh chuid dhen choitheanal agamsa air tighinn on Ghaidhealtachd, mar a rinn thu fhèin, 's chan eil iad a' faighinn obair. A bheil fhios agad air càil mu dheidhinn innealan?"

Chrath Seumas a cheann. "Chan eil fhios agam air càil mu innealan, ach bhithinn deònach ionnsachadh mun deidhinn. Bheil obair idir ann as aithne dhuibh, a mhinisteir? Chuirinn mo làmh ri obair sam bith. Tha eagal orm gun teirig am beagan airgid a th' agam, 's tha bean agus dithis chloinne agam rin cumail."

"Clann, a bheil?" dh'fhaighnich am ministear. "Dè 'n aois a tha iad?"

"Deich, a' dìreadh gu h-aon deug."

"Oh, uill math dh'fhaoidte gum faigh iadsan obair ann am factaraidh-cotain. Tha clann a' faighinn obair snìomh annta. Tha iad ag ràdh gur e obair aotram a th' ann, freagarrach air clann. 'S dòcha gum biodh sin na chuideachadh."

Thug Seumas sùil dhùrachdach air a' mhinistear. "Bhithinn air mo nàrachadh mo chlann a chur a dh'obair nam àite."

"Gu cinnteach, a dhuine, gu cinnteach! Ach, 's dòcha gum bi e na chuideachadh dhut, gus an lorg thu obair dhut fhèin. Tha iomadach pàisde ann an Glaschu a' dol a dh'obair aig aois còig bliadhna. Dh'fheumadh na maighstirean cus a bharrachd a phàigheadh do dhaoine na b' aosda. Tha clann nas saoire."

"A dh'aindeoin sin, b' fheàrr leam obair fhaighinn mi fhèin. Ma chluinneas sibh mu chàil, a mhinisteir, an leig sibh fios dhomh?"

"Leigidh, ach chan eil mi uabhasach dòchasach. Sgrìobhaidh mi d' ainm agus d' àite-còmhnaidh na mo leabhar, agus tadhlaidh mi ort nuair a bhios mi air mo chuairt aig an Trongate," gheall am ministear, "ach feuch gum bi thu frithealadh na h-eaglais mar as còir dhut."

Chaidh Seumas air ais 's dh'innis e dha theaghlach mar a thuirt am ministear. Chuir Dàibhidh agus Ciorstaidh iongnadh air nuair a thuirt iad gun robh iad deònach a dhol a dh'obair anns na factaraidhean-cotain.

"Chan eil càil againn ri dhèanamh an-seo," arsa Dàibhidh. "Chan eil crodh ann rim buachailleachd, no talamh airson coimhead às a dhèidh."

"Chan eil fiù 's cearcan ann airson am biathadh!" thuirt Ciorstaidh gu tùrsach.

"Chan eil àite ann airson iasgach nas motha!" thuirt

Dàibhidh. "Gu dearbh, tha mi ag ionndrain an eathair againn," thuirt e le osna.

Cha robh Ceit i fhèin an aghaidh a' chlann a dhol a dh'obair. "Chan urrainn dhuinn a' chlann a chumail a-staigh fad an latha," thuirt i, "'s chan eil mi deònach iad a bhith falbh nan sràidean nas motha. Chan eil fhios dè dh'fhaodadh tachairt dhaibh. Co-dhiù, cha do thog sinne a' chlann gu bhith nan tàmh idir. Bu chòir dhaibh ciùird fheumail ionnsachadh."

An aghaidh a thoil, thug Seumas Moireach a' chlann gu muileann-cotain ann am Bridgeton. 'S e àite mòr a bh' ann, làn innealan. Bha na h-innealan a' dèanamh leithid de dh'fhuaim 's gun do chuir e eagal a beatha air Ciorstaidh.

Bha stuth mìn ag èirigh o na h-innealan, agus thug seo casadaich air Ciorstaidh. Bha clann òga, agus iad cho caol is cho glas agus cho sgìth, ri taobh nan innealan, ag obair orra gun sgur.

Thàinig fear is coltas gruamach air far an robh iad. "Uill, dè tha thu ag iarraidh? A bheil thu airson do chlann a chur a dh'obair?"

"Tha . . ." Stad Seumas. "Bha . . . bha dòchas agam gum biodh obair ann dhomh fhèin cuideachd."

"Chan eil! Dìreach dhan chloinn. Dè 'n aois a tha iad?"

"Tha iad gu bhith aon bhliadhn' deug. 'S e càraid a th' annta."

"A bheil iad fallain?"

"Cha robh tinneas riamh orra," thuirt Seumas.

"Glè mhath, faodaidh iad tòiseachadh an-dràsda, ach cha bhi iad a' faighinn pàigheadh a' chiad latha idir fhad 's a tha iad ag ionnsachadh. As dèidh sin, gheibh iad dà thasdan an duine san t-seachdain. Tha an tuarasdal sin cho math 's a gheibh thu an àite sam bith ann an Glaschu."

"Dè 'n uair a tha iad a' tòiseachadh sa mhadainn?"

"Dìreach aig sia uairean air a' mhionaid! Bidh clann leisg a' faireachdainn teas mo làimhe. Gheibh iad uair a thìde dheth aig meadhan-latha airson dìnneir, agus leth-uair a thìde san fheasgar airson am pìos ithe, 's bidh iad ullamh aig leth-uair an dèidh seachd."

"Tha sin glè fhada airson clann a bhith nan seasamh aig innealan." Bha Seumas a' coimhead draghail.

"Hud, a dhuine. Cha bhi iad fada a' fàs eòlach air. Tha thu fortanach gun do ghabh sinne iad, oir chan eil sinne a' leigeil leotha obair-oidhche a dhèanamh an-seo, mar a tha muilltean eile! Mar as luaithe thòisicheas iad 's ann as fheàrr. Thig an-seo, a Mhagaidh!" dh'èigh e ri pàisde na bu lugha na Ciorstaidh. "Thoir thusa leat a' chaileag, 's seall dhi mar a chuireas i na snàithleanan ri chèile, agus a Thòmais, faigh thusa obair dhan ghille seo ri do thaobh fhèin."

Rinn a' chlann cabhag a dh'ionnsaigh nan dealgan.

Thionndaidh am maighstir gu Seumas, agus ghabh e ainmean na cloinne, 's le sin thionndaidh e air falbh. "Hoigh! Thusa, Ben Guthrie!" dh'èigh e.

"Carson a tha thu nad shuidhe cho luath 's a thionndaidheas mi mo chùlaibh?"

Leig Ben bochd ràn eagalach às nuair a chunnaic e am maighstir a' tighinn thuige, a làmh an àird. Chuala Seumas fuaim strap ga bhualadh air Ben, agus dh'fhàg e a' chlann le cridhe trom.

Thug Magaidh Ciorstaidh a-null gu inneal, agus sheall i dhi dè bh' aice ri dhèanamh.

"Och, tha seo a' cur tuaineal nam cheann," dh'èigh Ciorstaidh os cionn an fhuaim a bha na h-innealan a' dèanamh…

"Fàsaidh tu eòlach air," dh'innis Magaidh dhi.

Bha Dàibhidh ag obair air inneal eile. Fad na tìde bha sùil a' mhaighstir air a' chloinn gu lèir air feadh na

factaraidh. Mo thruaighe duine a bha a' fannachadh aig an obair! Bha strap na làimh, agus bha stràc dheth gu math goirt air an guailnean.

Nuair a shèid an fhìdeag aig dà uair dheug, stad na h-innealan agus fhuair a' chlann a-mach às a' mhuileann, a' putadh 's ag èigheach, a' dòrtadh a-mach, agus a' lorg àite-suidhe air an talamh chruaidh far an cuireadh iad druim ris a' bhalla. Dh'ith mòran aca am pìosan gu cabhagach, agus iad a' tuiteam nan cadal, eadhon fhad 's a bha iad a' sluigeadh a' ghreim mu dheireadh.

Bha pìosan aran-coirce agus càise aig Dàibhidh is Ciorstaidh. Gu mì-fhortanach cha d' fhuair iad àite anns a' ghrèin, agus bha a' ghaoth gu math fuar. Bha Ciorstaidh air chrith.

"Tha i uabhasach fuar as dèidh a' bhlàiths a bha

a-staigh," thuirt i.

"Nach eil thu a' dol a dh'ithe do phìos, a Chiorstaidh?"

"Cha - chan urrainn dhomh, a Dhàibhidh. Tha mo bheul làn dhen chlòimh a tha a' tighinn on chotan, agus tha mo cheann gu sgàineadh le fuaim nan innealan."

"Och, a Chiorstaidh, feuch air greim no dhà. 'S fhada mus fhaigh sinn dhachaigh a-nochd." Bha truas aig Dàibhidh rithe, "Siuthad. Feuch a-nis."

Thug Ciorstaidh greim no dhà às a' phìos. "Chan urrainn dhomh, a Dhàibhidh! Tha e dìreach ga mo thachdadh. Nam biodh deoch agam . . ."

Leis a sin thàinig Magaidh Nic an t-Sealgair far an robh iad. Nuair a chunnaic i aodann geal Ciorstaidh, stad i. "A bheil thu gu math idir, a chaileag?" dh'fhaighnich i.

"'S dòcha gum biodh i na b' fheàrr nam faigheadh i deoch," thuirt Dàibhidh.

"An tusa a bràthair? Seo ma tha, gabh mo chupa-sa!" Thug Magaidh cupa salach, sgàinte às a pòcaid, agus sheall i do Dhàibhidh far an robh am pump uisge.

Bha sreath chloinne a' feitheamh ri uisge a tharraing, ach mu dheireadh fhuair Dàibhidh an cupa a lìonadh, agus gu cùramach thug e air ais gu Ciorstaidh e. Dh'òl ise gu taingeil e.

"An tèid agad air cumail ort, a Chiorstaidh?" dh'fhaighnich Dàibhidh.

"Tud! Tha i ceart gu leòr. 'S e a' chiad latha as miosa," arsa Magaidh. "Cha bhi e cho dona a-màireach. Faodaidh tu do chuideam a leigeil ormsa, a Chiorstaidh, agus do shùilean a dhùnadh airson greiseag nuair a bhios am maighstir aig taobh thall na muilne."

Air dhòigh air choireigin fhuair Ciorstaidh tron latha, ged a bha i uaireannan gu tuiteam na cadal far an robh i na seasamh. Bha Magaidh ga cuideachadh a' toirt putag dhi an-dràsda 's a-rithist airson a cumail na dùisg. "Dùisg,

64

a Chiorstaidh! Feuch nach tuit thu an lùib nan dealgan!
Seo Maighstir MacMhurchaidh a' tighinn! Thoir an aire
nach stiall e thu leis an t-strap."

Nuair a sheinn an fhìdeag aig leth-uair an dèidh seachd,
leig Ciorstaidh osna. "Am faod sinn a dhol dhachaigh
a-nis, a Mhagaidh?"

"Chan fhaod, gus an glan sinn na h-innealan, agus an
sguab sinn an làr. Siuthad, a chaileag, thoir thusa thugad
an sguab, agus bheir mise an stùr far nan dealgan."

Mu dheireadh bha iad saor gu falbh. 'S ann air èiginn
a rinn Ciorstaidh a rathad dhachaigh. Nuair a ràinig iad
an staidhre aca fhèin, thug i thairis.

"O Dhàibhidh, cha toir mo chasan suas an staidhre
mi!"

"Thèid mi dh'iarraidh m' athar, agus togaidh e suas
thu," thuirt Dàibhidh.

Mus do chuir Seumas Moireach sìos air an leabaidh i,
bha Ciorstaidh na suain chadail.

Cha robh Ceit airson a dùsgadh an ath mhadainn aig
leth-uair an dèidh ceithir, ach b' fheudar dhi ma bha a'
chlann gu bhith aig an obair ann an àm.

"Tha do bhrochan deiseil, a Chiorstaidh, ach an tèid
agad air a dhol chun na muilne an-diugh?" dh'fhaighnich
Ceit, is i cho draghail.

"Nì mi an gnothach," thuirt Ciorstaidh ann an guth
sgìth. "Tha Magaidh Nic an t-Sealgair ag ràdh rium gum
fàs mi eòlach air le tìde. Co-dhiù, tha sibh feumach air
an airgead."

"Tha gu dearbh, a luaidh, 's e sin an truaighe!" thuirt
Ceit, is i gu mì-thoilichte.

"'S e latha bochd a th' ann nuair a dh'fheumas sinn ar
clann a chur a dh'obair. Cha robh e riamh mar seo ann
an Cùl Mhaillidh."

Mar a bha na mìosan a' dol seachad, dh'fhàs a' chlann
na b' eòlaiche air obair chruaidh na muilne, ged a dh'fhàs

Ciorstaidh caol agus truagh, agus chaill i beagan dhen spiorad shunndach aice.

Phàigh an tuarasdal aca am màl co-dhiù, agus chum e min-choirce, salann, sgadan agus càise ris an teaghlach. Fhuair Mgr MacLabhrainn obair do Cheit a' glanadh ann an taigh mòr airson tasdan san t-seachdain. Uaireannan, bheireadh bean an taighe dhi biadh a bha a chòrr aca fhèin. Ach cha robh airgead gu leòr ann uair sam bith airson na dh'fheumadh iad. O àm gu àm, bha Seumas a' tarraing às an stòr bheag airgid a bh' aca airson bhrògan 's rudan mar sin a cheannach.

Aon latha theab a' chlann an obair aig a' mhuileann a chall. Bha na casan aig Ciorstaidh cho goirt 's nach b' urrainn dhi coiseachd uabhasach luath. Bha an doras dùinte nuair a ràinig iad, ach phut Dàibhidh fosgailte e. Bha e an dòchas gum faigheadh iad a-steach mus faiceadh am maighstir iad. Ach bha e na sheasamh dìreach anns an rathad air Ciorstaidh.

"Fadalach, a bheil?" dh'èigh e, "agus a' feuchainn ri slìogadh seachad orm?" Thàinig an strap a-nuas gu cruaidh air a' ghualainn chaol aig Ciorstaidh.

Leum Dàibhidh air a' mhaighstir. "Na cuir thusa làmh air mo phiuthar-sa gu bràth tuilleadh!" dh'èigh e.

Thog am maighstir a làmh gus Dàibhidh a dhochann. Leum Ciorstaidh eatarra. "Na buailibh Dàibhidh idir ma 's e ur toil e. 'S e mo choire-sa bh' ann gun robh sinn fadalach. Tha mo chasan goirt."

"Seallaidh mise dhut nach tog thu do làmh riumsa, a bhalaich!" dh'èigh am maighstir.

Ach dìreach leis a sin thàinig sgreuch o thaobh thall na muilne. "Tha Tòmas Peutan air a làmh a ghlacadh anns an inneal!"

Ruith am maighstir a chur stad air an inneal gus an leanabh a shàbhaladh.

Rug Ciorstaidh air ghàirdean air Dàibhidh. "Thugainn,

a Dhàibhidh! Greas ort! Tòisicheamaid mus caill sinn ar n-obair an-seo."

Gu fortanach bha am maighstir cho trang a' coimhead ris a' bhalach a bh' air a leòn 's gun do dhìochuimhnich e gun tug Dàibhidh an aghaidh air.

An-dràsda 's a-rithist bhiodh Seumas a' faighinn obair, a' falmhachadh bhàtaichean beaga aig a' Bhroomielaw, mar bu trice buntàta à Eirinn, ach aon uair is gun robh am buntàta air a thogail air fad, theirig an obair. Bha Seumas a-nis na thàmh a-rithist, agus an geamhradh a' tighinn.

'S e geamhradh cruaidh a bh' ann dha na Moirich, oir dh'fhàs Ceit tinn. Bha i na sìneadh san leabaidh a' casadaich.

"An tèid mi dh'iarraidh an dotair dhut, a luaidh?" dh'fhaighnich Seumas gu draghail.

"Tha fios agad nach eil airgead againn airson sin, a Sheumais. Bidh mi ceart gu leòr ann an ùine ghoirid. Cuir air an coire agus dèan deoch theth dhomh, feuch an dèan e feum dhan chasad agam."

Thog Seumas an coire. Bha e falamh.

"Thèid mise a-mach a dh'iarraidh uisge chun an tobair," thuirt Ciorstaidh. Bha Dàibhidh a-muigh mar tha a' lorg bhioran airson an teine. Ruith Ciorstaidh sìos an staidhre leis a' bhucaid.

"Eigh orm nuair a bhios tu aig bonn na staidhre, agus bheir mi fhèin a-nuas i," dh'èigh a h-athair às a dèidh. Cha robh e airson Ceit fhàgail, oir bha a sùilean a' deàrrsadh le fiabhras.

"Nach i Ciorstaidh a tha fada gun tilleadh," thuirt Ceit mu dheireadh ann an guth fann.

"Tha cuideigin a' tighinn a-nis," arsa Seumas.

'S e Dàibhidh a bh' ann le ultach bhioran. "Càit a bheil Ciorstaidh?" dh'fhaighnich e nuair a chunnaic e nach robh i anns an rùm.

"Chaidh i chun an tobair a dh'iarraidh uisge. Tha i air a bhith air falbh ùine mhòr, ach cha b' urrainn dhomhsa do mhàthair fhàgail."

"Thèid mise ga lorg," thuirt Dàibhidh anns a' mhionaid. Ruith e sìos an staidhre a-rithist, agus a-null an Trongate. Bha grunnan chloinne aig an tobar a' feitheamh ri uisge a tharraing. Bha dhà no trì dhe na nigheanan beaga a' rànaich. Fhuair Dàibhidh Ciorstaidh aig cùl na sreath, agus na deòir a' sileadh gu goirt.

"An e sin cho fad' is a ràinig thu, a Chiorstaidh? Dè tha ceàrr?"

"Seall Tam Sweeney agus na balaich ud a tha còmhla ris," arsa Ciorstaidh. "Cho luath is a ruigeas na nigheanan an tobar, tha iad gar putadh gu deireadh na sreath a-rithist. Tha dà thuras agam air a' bhucaid a lìonadh, agus chuir iad car dhith, agus tha an t-uisge a' dol sìos gu mòr anns an tobar."

Bha fios aig Dàibhidh gun robh an tobar buailteach air tiormachadh, agus bheireadh e ùine mhòr mus lìonadh e a-rithist. Ach dh'fheumadh a mhàthair uisge fhaighinn. Bha Dàibhidh na èiginn. Choisich e suas far an robh am burraidh Eireannach, Tam Sweeney.

"Tam Sweeney, leig thusa le mo phiuthar faighinn chun an tobair anns a' mhionaid!" thuirt e. "An do chuir thu car dhen bhucaid aice mar tha?"

Choimhead Tam Sweeney air o mhullach gu bhonn. "Agus ged a chuirinn car dhith, dè tha thusa a' dol a dhèanamh?"

"Bu chòir dhut nàire bhith ort, ag obair air nigheanan beaga!" thuirt Dàibhidh gu leamh. "Leigidh tu le mo phiuthar a dhol chun an tobair, no ..."

"No dè? Cha toir thusa ormsa rud sam bith a dhèanamh!" Dh'fheuch Sweeney breab air Dàibhidh; leum Dàibhidh às an rathad. Thug e buille do Sweeney air an t-sròin a thug uisge às a shùilean. Thòisich a shròn ri sileadh.

"Sabaid! Sabaid!" Bha seo a' còrdadh ris na balaich a bha còmhla ri Sweeney. "Gabh dha, Sweeney!"

Thug Tam Sweeney leum gu Dàibhidh: "Brisidh mi a h-uile cnàmh na do chorp!" "Gabh air do shocair!" thuirt fear dhe na balaich. "Feumaidh sinn seo a dhèanamh ceart. Nì sinn cearcall timcheall orra. A-nis thoiribh dhibh na seacaidean! Cumaidh càch iad."

Bha Ciorstaidh air oir a' chearcaill, is a h-aodann cho geal ris an anart. Bha a banacharaid on mhuileann, Magaidh Nic an t-Sealgair, ri a taobh. "Seo, cum mo sheacaid, a Chiorstaidh!" thuirt Dàibhidh.

"O Dhàibhidh, tha Tam Sweeney cus nas motha na thusa! Na teirg a shabaid ris idir."

"Mura tèid mi a shabaid ris, bidh a h-uile duine aca às mo dhèidh agus dochnaidh iad mi," thuirt Dàibhidh. "Na biodh eagal sam bith ort, a Chiorstaidh. Dèan thusa air an tobar, agus lìon a' bhucaid, agus dèan air an taigh leatha fhad 's a tha iadsan a' coimhead ormsa," thuirt e rithe air a shocair. "Tha fìor fheum aig mo mhàthair air an uisge."

"Seadh, a Chiorstaidh, dèan thusa sin! Thoir dhomhsa seacaid Dhàibhidh, agus cumaidh mi i," arsa Magaidh.

"Siuthadadh sibhse, gabhaibh ris!" dh'èigh balach mòr ri Tam is Dàibhidh.

Thug Sweeney ionnsaigh air Dàibhidh le dhà dhòrn an àird, a' leum o thaobh gu taobh. Rinn Dàibhidh an aon rud, a' cur seachad tìde gus am faigheadh Ciorstaidh uisge às an tobar. Thug Sweeney buille air gualainn Dhàibhidh a theab a chur far a chasan.

"Feuch air, Sweeney!" dh'èigh na balaich Eireannach. "Dochainn an Gaidheal!"

Thug an dithis aca dhà no trì bhuillean air a chèile. An uair sin fhuair Sweeney Dàibhidh le buille chruaidh a thug fuil à gruaidh Dhàibhidh dìreach fon t-sùil. Thug Dàibhidh ceum air ais, agus am burraidh às a dhèidh. Gu h-obann sheas Dàibhidh far an robh e, agus cha b' urrainn do Sweeney stad a chur air fhèin. Thug Dàibhidh buille dha air a smig, agus chuir e an t-Eireannach air ais air a shàilean.

"Seall siud! Tha an Gaidheal math dha-rìribh!" dh'èigh fear dhe na balaich.

"Feuch air, a Ghaidheil!" dh'èigh càch, daonnan deiseil gu bhith air taobh an fhir a bha a' buannachd.

Chrath Sweeney a cheann mar bheathach air iomrall, agus rinn e air Dàibhidh, is e nis air chaoch. Rinn Dàibhidh a dhìcheall gus e fhèin a dhìon, agus dh'fheuch Sweeney buille an dèidh buille air.

"Tha Sweeney ro làidir air a shon," dh'èigh caraid do Sweeney. "Feuch air, a bhalaich!"

Chaidh an dithis bhalach timcheall is timcheall a' chearcaill, air ais is air adhart. Bha tè dhe na sùilean aig Dàibhidh gu dùnadh, agus bha a shròn a' sileadh. Cha robh càil ga chumail air a chasan ach a' chalmachd. Thug Sweeney droch ionnsaigh air Dàibhidh. Bha Magaidh Nic an t-Sealgair air i fhèin a shuidheachadh gus an robh i faisg air an dithis a bha a' sabaid. Bha i a' feitheamh a cothrom.

Dìreach nuair a bha Sweeney a' dol a thoirt ionnsaigh eile air Dàibhidh, chuir i mach a cas. Thuit am burraidh mòr Eireannach na chnap air an talamh.

"Tha Sweeney sìos! Tha Sweeney sìos!" dh'èigh càch.

Shlaod Sweeney e fhèin na sheasamh. "Leag cuideigin mi!" Thug e sùil gheur timcheall a' chearcaill. "Ise bh' ann!" Agus thog e dhòrn ri Magaidh Nic an t-Sealgair.

"A-mach à seo thu!" dh'èigh Magaidh air ais ris, agus i a' gabhail fasgadh air cùl dithis bhalach. "Na gabh mise mar leisgeul nach urrainn dhut fuireach air do chasan."

"Slaodaidh mi am falt às do cheann!" dh'èigh Sweeney,

a' toirt ionnsaigh oirre. Thuig Dàibhidh gun robh Magaidh ann an cunnart.

"Hoigh, thusa! Chan eil sinne deiseil fhathast," dh'èigh e. Thug e ionnsaigh air an Eireannach fhad 's a bha aire air Magaidh. Bhuail e am burraidh os cionn a chridhe. Bha esan fhathast lag on bhuille a fhuair e nuair a thuit e, agus chuir seo air ais na shìneadh e.

"Tha Sweeney na laigse! Tha Sweeney na laigse! Tha an Gaidheal air Sweeney a chur na laigse," chaidh an èigh an àird, agus thòisich cuideigin ri cunntas, "Aon, dhà, trì . . ."

Gu h-obann thàinig èigh o thaobh a-muigh a' chearcaill. "A-mach à seo, a bhalaich. Tha am Freiceadan a' tighinn!"

Sgaoil a h-uile duine gu sgiobalta nuair a nochd an dà laoch a-nuas an t-sràid. Dh'èirich Sweeney air èiginn far an talaimh, agus theich e. Bha Dàibhidh agus Magaidh air am fàgail leotha fhèin an greim aig an Fhreiceadan, mar a chanadh iad ris a' phoileas a bh' ann an Glaschu ann an 1813.

"Dè tha tachairt an-seo?" dh'fhaighnich am fear bu mhotha dhen dithis ann an guth Gaidhealach. Rug e air ghualainn air Dàibhidh.

"'S e Tam Sweeney a thòisich e," thuirt Magaidh anns a' mhionaid. "Cha leigeadh Sweeney leis na nigheanan uisge fhaighinn às an tobar, agus dh'fheuch Dàibhidh ri stad a chur air."

"Och! Tha Sweeney air tòiseachadh a-rithist, a bheil!" thuirt am Freiceadair gu feargach. "An e am burraidh Eireannach a thug ionnsaigh ort, a bhalaich?"

"Uill, thug ... thug mise ionnsaigh airsan cuideachd," fhreagair Dàibhidh gu h-onarach.

"Mura biodh Dàibhidh air e fhèin a dhìon, bhiodh na balaich Eireannach air a reubadh às a chèile," thuirt Magaidh.

"Chan eil gnothach sam bith agaibh a bhith a' sabaid

air an t-sràid," thuirt am Freiceadair ri Dàibhidh. "Faodaidh sinn do chur dhan phrìosan airson sin."

Thug e sùil gheur air aodann Dhàibhidh. "Tha thu air do dhroch dhochann, a rèir coltais, a bhalaich."

"Cha d' fhuair Tam Sweeney dheth ro mhath nas motha," thuirt Magaidh gu pròiseil.

Thàinig deàrrsadh ann an sùil a' phoileasmain Ghaidhealaich. "Nach d' fhuair gu dearbh. 'S dòcha nach can mi an còrr mu dheidhinn, ma tha. Tha mi eòlach gu leòr air na h-Eireannaich sin!"

Dìreach leis a sin nochd Seumas Moireach.

"A Dhàibhidh, a bheil thu ceart gu leòr?" thuirt e, a' coimhead air aodann Dhàibhidh le uabhas.

"Chan eil e cho dona is a tha e a' coimhead!" thuirt am Freiceadair. "Thoir am balach dhachaigh. Tha e fortanach dhutsa gur e Gaidheal a th' annamsa cuideachd!"

Dh'fhalbh Seumas na chabhaig le Dàibhidh a dh'ionnsaigh a' chlobhsa aca fhèin, agus Magaidh Nic an t-Sealgair na ruith rin taobh.

"Dè tha thu a' ciallachadh, a' sabaid mar siud?" dh'fhaighnich Seumas gu crosda.

"Chan e coire Dhàibhidh a bh' ann!" thuirt Magaidh, "Cha leigeadh Tam Sweeney le Ciorstaidh uisge tharraing às an tobar, agus bha fios aig Dàibhidh cho feumach is a bha a mhàthair air."

Chuir seo truas air Seumas.

"Feumaidh mi falbh a-nis," thuirt Magaidh, a' ruith a dh'ionnsaigh a dachaigh fhèin.

"Tapadh leat airson mo chuideachadh, a Mhagaidh," dh'èigh Dàibhidh às a dèidh.

Thòisich Ceit ri caoineadh nuair a chunnaic i aodann Dhàibhidh.

"Tha e ceart gu leòr, a Mhàthair. Coimheadaidh e cus nas fheàrr nuair a ghlanas mi e. Nam faiceadh sibh aodann Tam Sweeney!"

"O, carson a thàinig sinn dhan bhaile uabhasach seo?" thuirt Ceit. "Nuair a bha sinn ann an Cùl Mhaillidh, bha sruthan glan uisge a' ruith seachad air an doras againn, agus cha robh againn ri seasamh ann an sreath airson uisge fhaighinn à tobar làn puill. Cha robh burraidhean a' dochann na cloinne an-siud. O, carson idir a dh'fhàg sinn Cùl Mhaillidh?"

"A-nis, a Cheit, tha fios agad gum b' fheudar dhuinn falbh. Cha robh an còrr air. Tha thusa tinn, agus tha sin a' toirt do mhisneachd bhuat, a luaidh mo chridhe."

"A Sheumais, an toir thu air ais dhan Ghaidhealtachd sinn nuair a bhios mi làidir gu leòr airson falbh?" dh'iarr Ceit air.

"Nì mi na 's urrainn dhomh, eudail, ach chan eil cosnadh dhuinn anns a' Ghaidhealtachd nas motha," thuirt Seumas, a' crathadh a chinn gu brònach.

Leis a sin thàinig gnogadh chun an dorais.

5. DOIGH AIR FAIGHINN AS

Dh'fhosgail Seumas Moireach an doras gu faiceallach. Ach cho luath is a chunnaic e cò bh' ann, bha a làmh a-mach a' cur fàilte air. "Uill, uill, cò tha seo ach Dòmhnall MacRath!" dh'èigh e le toileachas. "Thig a-steach, a dhuine, thig a-steach!"

Thàinig an seann dròbhair a-steach dhan rùm. "Mo bheannachd dhuibh, a Mhaistreas Mhoireach. Ach tha mi glè dhuilich a bhith gur faicinn san leabaidh! Tha sibh a' coimhead gu math tinn."

"Tha droch chnatan air Ceit, agus chan eil i a' faighinn seachad air. Chan fheàirrde i idir ceò Ghlaschu," dh'innis Seumas dha.

"Chan eil a' chlann a' coimhead ro mhath nas motha," thuirt MacRath. "Bidh sibh ag ionndrain beanntan Chùl Mhaillidh."

"Tha sinn sin, a Mhgr MhicRath," arsa Ceit. "Ciamar a lorg thu sinn an-seo?" dh'fhaighnich Seumas.

"Uill, a dhuine," ars esan, "bha mi glè phongail. Bha sibh riamh a' dol dhan eaglais, agus dh'fhaighnich mi do mhinistear no dhà am b' aithne dhaibh sibh. 'S e ministear Gaidhealach a bu choltaiche."

"Maighstir MacLabhrainn aig Eaglais Sràid Ingram!" arsa Seumas.

"'S e, bha mi ceart leis a' chiad fhear! Bha an seòladh agaibh aige. Agus nuair a dh'innis mi dha carson a bha mi gur lorg, thug e dhomh e gu toilichte. Tha litir agam dhuibh, agus suim airgid."

"Litir? Airgead? An ann o Iain ann an Dòrnach a tha e?"

"'S ann gu dearbh! Reic e an àirneis dhuibh, a Sheumais, agus rinn e glè mhath oirre. Tha e coltach

74

gun do chòrd an t-seann chiste agaibh ri bean an taigh mhòir, a Mhaistreas Mhoireach. Thug i deich notaichean do dh'Iain air a son."

"Deich notaichean airson na seann chiste againn!" arsa Ceit.

"Seadh gu dearbh. 'S ann airson gun robh i cho aosda a cheannaich i i. Bha i luachmhor. Rinn e glè mhath leis a' chòrr dhen àirneis cuideachd. Naoi nota deug air fad!"

"Còmhla ris na bheil agam an-seo, sin naoi nota deug air fhichead. Tha sinn beairteach!" thuirt Seumas le gàirdeachas.

"Ann an Glaschu cha dèan e ach falbh leis a' ghaoith mura faigh thu obair. O Sheumais, tilleamaid dhachaigh," dh'iarr Ceit air.

Bha Dòmhnall MacRath a' coimhead gruamach. "Cha dèanainn sin idir. Tha barrachd agus barrachd chroitean nan seasamh falamh aig tuath, agus teine ga chur riutha."

"Ma bhios mise bliadhna eile ann an Glaschu, bàsaichidh mi!" thuirt Ceit.

"Cha do leugh thu an litir aig do bhràthair fhathast. Faic dè th' aige ri ràdh, agus an uair sin cunntaidh mise mach an t-airgead dhut," chomhairlich Dòmhnall.

Dh'fhosgail Seumas an litir, thug e sùil oirre, agus an uair sin leugh e a-mach do Cheit i.

A Sheumais Chòir,

Tha mi an dòchas gu bheil thu fhèin agus an teaghlach gu fallain.

Reic mi an àirneis agus fhuair mi deagh phrìs oirre, agus tha mi air liosta a dhèanamh dhut air dè fhuair mi airson gach pìos.

An d' fhuair thu obair ann an Glaschu? Tha sinn a' cluinntinn nach eil e furasda obair fhaighinn sa bhaile mhòr.

Tha naidheachd agam dhut o Dhòmhnall MacAoidh à Cill Donnain a bha aig Companaidh Bàgh Hudson ann an Canada. 'S e sin gum biodh Canada na àite math airson do leithid fhèin. 'S e dùthaich fhallain a th' ann, agus tha fearann math ann. Tha Iarla Selkirk ag iarraidh dhaoine a thèid a dh'fhuireach mun Abhainn Ruaidh far a bheil e air talamh a cheannach o Chompanaidh Bàgh Hudson. Gabhaidh e ceud neach – fir, boireannaich agus clann. Tha e deònach teaghlaichean a thoirt a-mach. Bidh bàta a' seòladh à Sròm Nis ann an Arcaibh le luchd-imrich. Bidh am faradh deich notaichean gach duine agus nas lugha airson clann. An smaoinich thu mu dheidhinn, a Sheumais? Tha Dòmhnall MacRath ag ràdh gum bruidhinn e ri Iarla Selkirk air do shon, agus mar sin dh'iarr mi air d' ainm a chur air adhart. Mura bheil thu airson falbh, faodaidh tu tarraing às.

Tha losgadh agus sgriosadh nan croitean a' dol air adhart fhathast. Tha e air a bhith dona ann an Cill Donnain.

Tha mo bheannachdan leat, a Sheumais, agus le Ceit agus leis a' chloinn.

 Do bhràthair,
 Iain

"Canada?" thuirt Seumas, agus an guth aige caran teagmhach.

"Canada? Nach eil sneachda is reothadh ann, agus mathain agus madaidhean-allaidh air feadh an àite?" dh'fhaighnich Ceit.

"Tha sin fìor! Tha sneachda gu leòr ann anns a' gheamhradh, ach tha samhraidhean math ann. Tha Dòmhnall MacAoidh a' ràdh gur e talamh anabarrach math a th' ann airson tuathanas," arsa MacRath.

"Mathain agus madaidhean-allaidh!" Bha na sùilean aig Dàibhidh a' deàrrsadh. "Bha Dòmhnall MacAoidh ag innse dhomh mar a bhiodh e a' sealg mhathan agus

76

mhadaidhean airson an craicinn. Chòrdadh e riumsa bhith nam shealgair."

"Dè mud dheidhinn-sa, a luaidh?" dh'fhaighnich Dòmhnall MacRath do Chiorstaidh.

"Chan eil fhios a'm," fhreagair i gu fìrinneach. "Ach ma tha Dàibhidh deònach falbh, falbhaidh mise cuideachd."

"Sin thu fhèin! 'S e deagh chothrom a th' ann, a Sheumais. Smaoinich gu math air mus diùlt thu e," chomhairlich MacRath.

"Ach thuirt thu gun robh am bàta a' seòladh à Arcaibh. Ciamar a gheibh sinn à seo gu Sròm Nis?" dh'fhaighnich Seumas.

"Tha bàta a' falbh à Lìte gu ruige Sròm Nis. Chan eil Lìte ach astar latha air falbh, ma thèid thu ann le cairt," dh'innis MacRath dha. "Aon uair is gun ruig thu Sròm Nis, cha bhi an còrr dragh ann. Chan eil agad ach feitheamh gus an seòl bàta Companaidh Bàgh Hudson gu Canada."

"Ach na faraidhean?" dh'fhaighnich Seumas. "Cha phàigh an t-suim bheag airgid a th' againne na faraidhean, agus feumaidh sinn crodh agus innealan-obrach nuair a ruigeas sinn."

"Eisd, a dhuine! Tha Iarla Selkirk air sin a rèiteach. Pàighidh e £20 gach bliadhna airson trì bliadhna dha gach fear. Agus a bharrachd air sin, bheir e dhuibh goireasan agus innealan airson bliadhna. Faodaidh sibh a phàigheadh air ais nuair a dh'fhàsas am bàrr."

"Tha sin ceart gu leòr," dh'aontaich Seumas. "Ach am bi am fearann againn air màl on Iarla? Am faodadh an aon rud tachairt an-sin is a thachair an Cùl Mhaillidh, am faodadh e ar cur às an fhearann a-rithist?"

"Chan fhaodadh, a Sheumais. Bhiodh am fearann leat fhèin. Reicidh an t-Iarla riut e air còig tasdain an t-acaire."

"Gu dearbh 's e deagh bhargan a bhiodh an-sin!" Bha Seumas a' fàs deònach. "Ach càit am faighinn-sa an t-airgead airson an fharaidh?"

"Ah uill! 'S fheàrr dhomhsa do chuid airgid a thoirt dhut," thuirt MacRath. "Siud na naoi notaichean deug airson na h-àirneis, agus seo deich notaichean eile a bharrachd."

"Deich notaichean! Cò às a thàinig sin?"

"O Iain do bhràthair. An dèidh dhut falbh, fhuair e airgead air an lobhta a bha am falach aig do mhàthair ann an seann stocainn. Chuir e thugad an dàrna leth dheth."

"'S e fìor bhràthair a th' ann an Iain," thuirt Seumas. "Uill, a Cheit, dè do bheachd air Canada?"

"A bheil beanntan ann an Canada mar a bh' ann an Cùl Mhaillidh?"

"Tha, a Mhaistreas Mhoireach, beanntan gu leòr agus aibhnichean mòra, agus lochan beò le iasg a rèir is mar a tha Dòmhnall MacAoidh ag ràdh," dh'innis MacRath dhi.

"Iasg!" thuirt Dàibhidh. "A bheil sibh a' cluinntinn siud, athair?"

"Tha, Dhàibhidh." Bha Seumas a' coimhead cho deònach ri mhac. "Bhiodh e math eathar a bhith agam a-rithist, agus na ràimh na mo làmhan."

"'S e canù agus pleadhagan a bhiodh againn an-sin, coltach ris na h-Innseanaich Dhearg," fhreagair Dàibhidh, 's e na bhoil.

"An tèid sinn ann, a Cheit?" dh'fhaighnich Seumas dha bhean. "'S e cothrom a bhiodh ann beatha ùr a dhèanamh dhuinn fhèin. Dh'fhaodainn-sa obair fhaighinn a-rithist, an àite a' chlann bhochd a bhith ag obair o mhoch gu dubh."

Choimhead i air le co-fhaireachdainn. "Aidh, a Sheumais, ma 's e sin do mhiann, thèid sinn ann."

Rinn Dòmhnall MacRath gàire. "Tha sin cho math,

oir tha Iarla Selkirk air a ràdh mar tha gun gabh e sibh air facal MhicAoidh. Chan eil dad gur cumail air ais a-nis."

Cola-deug às dèidh sin, sheòl am bàta à Lìte a-steach gu acarsaid Sròm Nis leis na Moirich air bòrd. Bha am *Prince of Wales*, an long thrì-chrannach aig Companaidh Bàgh Hudson, ris a' chidhe, agus cuid dhe na h-eilthirich air bòrd mar tha. Cha robh na Moirich fada a' cur an cuid air bòrd, agus a' faighinn am buncaichean. Bha ceud neach a' dèanamh air an fhearann a bh' aig Iarla Selkirk air an Abhainn Ruaidh - a' mhòr-chuid aca teaghlaichean le clann. Bha dithis dhaoine air an ceann - Gilleasbaig MacDhòmhnaill, a bha a' toirt a-mach a bhith na dhotair, agus an Dotair La Serre.

Mu dheireadh, chuir am *Prince of Wales* a h-aghaidh air Bàgh Hudson agus York Factory far an robh oifis na companaidh. Bha a h-uile coltas oirre gum biodh an turas fada agus cunnartach am measg sruthan-deighe an Artaich.

Le deòir nan sùilean, bha na h-eilthirich a' coimhead fearann na h-Alba a' dol às an t-sealladh.

Bha Ceit a' caoineadh air a socair, agus bha aodann Ciorstaidh ri uchd a màthar fhad 's a bha an tìr a' dol às an t-sealladh. Bha mòran eile a' caoineadh cuideachd, agus an uairsin thòisich cuideigin ris an treas salm thairis air an fhichead a sheinn, agus thog na h-eilthirich eile am fonn.

Nuair a bha an t-seinn seachad, thug Dàibhidh Ciorstaidh gu toiseach a' bhàta.

"Tha e nas fheàrr a bhith a' coimhead an taobh a tha sinn a' dol na a bhith a' coimhead air ais," thuirt e. "Cuimhnich."

Chum Ciorstaidh air ais na deòir. "Am bi Canada coltach ri Cùl Mhaillidh?"

Chrath Dàibhidh a cheann. "Cha bhi. Cha bhi sgath talamh àitich no taighean far a bheil sinne a' dol. Feumaidh sinn an talamh a chladhach sinn fhèin, agus taighean a thogail le fiodh às na coilltean. Agus tha rudan ann a dh'fheumas mise ionnsachadh - gunna a losgadh agus canù a stiùireadh, agus slaod-chon a dhraibheadh."

"Agus dè nì mise anns an àite neònach sin?" dh'fhaighnich Ciorstaidh.

"Bidh gu leòr ann a nì thu!" thuirt Dàibhidh gu cinnteach. "Feumaidh tu na h-ainmhidhean is na h-eòin a mharbhas sinne a bhruich, agus aodach a dhèanamh às na bèin aca, agus gàrradh a chladhach airson buntàta agus càl a chur ann."

Chuir Ciorstaidh drèin oirre. "Am faod sinn idir a bhith a' siubhal nan cnoc is nan coilltean còmhla, mar a bha sinn a' dèanamh ann an Cùl Mhaillidh?"

Mhothaich Dàibhidh nach robh i air a dòigh, agus chuir e a ghàirdean timcheall oirre. "Eisd riumsa, a Chiorstaidh! Cho luath 's a dh'ionnsaicheas mise mar a loisgeas mi gunna 's mar a stiùireas mi canù, ionnsaichidh mise thusa. Tha mi a' gealltainn sin dhut. Nach robh sinn a' dèanamh a h-uile càil còmhla riamh?"

Bha am bàta a' sìor chumail ris an iar-thuath, agus gaothan làidir a' sèideadh. Bha na daoine air fad fo rùm, dithis anns gach bunc. Bha na teaghlaichean a' cumail còmhla. Bha Ciorstaidh ann am bunc còmhla ri màthair, agus Dàibhidh còmhla ri athair.

Cha robh cus àidheir ann, oir dh'fheumadh na h-uinneagan a bhith dùinte an aghaidh a' chathaidh-mhara. O thoiseach an turais bha tinneas-mara air mòran. Bha iad nan sìneadh anns na buncaichean a' cur a-mach agus ag ochanaich, Ciorstaidh agus a màthair nam measg.

Chuir Dàibhidh a' chuid mhòr dhen tìde seachad air deic. Bha a h-uile càil timcheall air a' bhàta na iongnadh

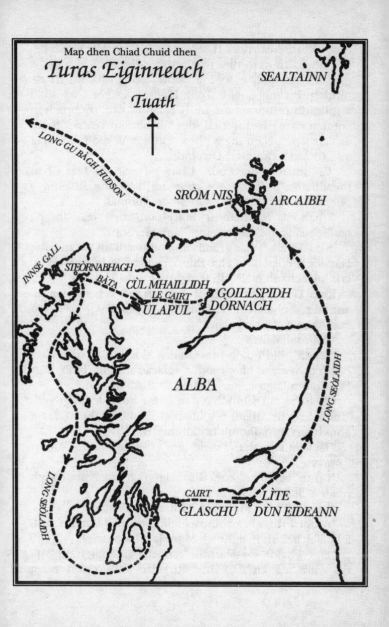

Map dhen Chiad Chuid dhen
Turas Eiginneach

Tuath

SEALTAINN

LONG GU BÀGH HUDSON

SRÒM NIS

ARCAIBH

INNSE GALL

STEÒRNABHAGH

BÀTA

CÙL MHAILLIDH

LE CAIRT

GOILLSPIDH

DORNACH

ULAPUL

ALBA

LONG SEÒLAIDH

LONG SEÒLAIDH

CAIRT

LÌTE

GLASCHU

DÙN EIDEANN

dha. Rinn e càirdeas ri seòladair, Tòmas MacPhàdraig. Dh'ionnsaich esan dha mar a splaoidheasadh e ròpa, is mar a chuireadh e seòl an àirde. Bha dhà no trì de mhuinntir Companaidh Bàgh Hudson air bòrd, agus iad a' tilleadh o thuras ann am Breatann. Cha robh iadsan còmhla ris na h-eilthirich idir, oir bha an cèaban fhèin aca air deic. Nam measg bha duine mòr làidir is feusag air. Chòrd a choltas ri Dàibhidh.

"Cò am fear tha siud? Chan eil esan air fear dhen fheadhainn a tha a' dol chun na h-Aibhne Ruaidh, a bheil?" dh'fhaighnich Dàibhidh do Thòmas.

"Chan eil. Sin Raibeart MacFhionnlaigh, fear dhe na bàillidhean aig Companaidh Bàgh Hudson."

'S e Pàdraig Sellar grànda an aon bhàillidh air an robh Dàibhidh eòlach. "Tha fhios nach bi an duine ud a' cruinneachadh màl?" dh'fhaighnich e do Thòmas.

Rinn Tòmas gàire. "Chan e sin an seòrsa bàillidh a th' ann idir, a bhalaich! Tha Mgr MacFhionnlaigh os cionn fear dhe na puist-mhalairt."

"Puist-mhalairt?"

"Seadh. Bidh na h-Innseanaich a' toirt ann bèin nam beathaichean a bhios iad a' glacadh, agus bidh Mgr MacFhionnlaigh a' toirt dhaibh stuth air an son."

Choimhead Dàibhidh air an duine mhòr le iongnadh. "Innseanaich! Bèin! A bhalaich ort! B' fheàrr leam gum b' urrainn dhomh bruidhinn ris!"

"Tiugainn ma tha, 's thèid sinn a bhruidhinn ris," thuirt Tòmas.

"Cò th' agam an-seo?" dh'fhaighnich MacFhionnlaigh nuair a chaidh iad far an robh e.

"Seo Dàibhidh Moireach," fhreagair Tòmas.

"A bheil thu a' smaoineachadh gun còrd Canada riut, a bhalaich?" dh'fhaighnich Mgr MacFhionnlaigh.

"O, còrdaidh gu dearbh! 'S dòcha gum faigh mi bàta no canù air an Abhainn Ruaidh, agus thèid mi a dh'iasgach."

"'S e beatha chruaidh a bhios ann, a Dhàibhidh. Cha bhi mòran tìde agad airson iasgach. Feumaidh tu a bhith ag obair air an fhearann cuideachd."

"Tha fios a'm. Bha mi a' cuideachadh m' athar mar tha air an tuathanas aige."

Dìreach leis a sin thàinig èigh o Thòmas MacPhàdraig, agus e a' coimhead a-mach ris a' chuan. Bha bàta a-nall thuca agus i fo throm-sheòl.

"Seo bàta-mhuc a' tighinn!" dh'èigh Mgr MacFhionnlaigh. "Bhiodh iad a' sealg nam mucan-mara ann an Caolas Davis."

"Ciamar tha fios agaibh gur e bàta-mhuc a th' innte?" dh'fhaighnich Dàibhidh.

Rinn Raibeart MacFhionnlaigh gàire. "Gheibh thu am boladh sa ghaoith, a bhalaich! Tha fàileadh ola agus saill nam mucan-mara a' tighinn thugam air a' ghaoith. Bidh boladh uabhasach air bòrd."

"Cha b' urrainn dha a bhith na bu mhiosa na am boladh a tha fo rùm anns a' bhàta seo fhèin," thuirt Dàibhidh. "Tha e cianail shìos an-siud, agus an tinneas-mara air a h-uile duine."

"Gheibh iad seachad air a sin ann an ùine gun a bhith fada. Nan tigeadh daoine a-nuas air deic far a bheil an àidhear fallain, bhiodh iad a' faireachdainn mòran na b' fheàrr."

"Tha mo mhàthair is mo phiuthar air a bhith gu math truagh," thuirt Dàibhidh. "O, seo m' athair agus Ciorstaidh a' tighinn," dh'èigh e, agus iad air nochdadh air deic. "A bheil thu a' faireachdainn dad nas fheàrr, a Chiorstaidh?"

"Chan eil mi a' smaoineachadh gum b' urrainn dhomh a bhith bochd tuilleadh," thuirt Ciorstaidh.

"'S fheàirrde tu oiteag dhen ghaoith, a chaileag," thuirt Mgr MacFhionnlaigh rithe gu coibhneil.

"An ann leatsa an dithis seo?"

"'S ann, 's e càraid a th' annta. Is mise Seumas Moireach."

"A bheil tòrr dhaoine tinn fo rùm?"

"Tha mi a' smaoineachadh gu bheil a' chuid as miosa dhen tinneas-mara seachad, ach tha daoine uabhasach lag, agus tha duine no dithis a' coimhead fiabhrasach."

Thug MacFhionnlaigh sùil gheur air. "Fiabhrasach, an tubhairt thu? A Mhaighstir Mhoirich, tha coltas tuigseach ort. Ma ghabhas tu mo chomhairle-sa, cum thusa do theaghlach air deic cho mòr 's as urrainn dhut, agus caidlibh ann ma ghabhas sin dèanamh."

"Am bi e idir uabhasach fuar?"

"Suainibh sibh fhèin ann am plangaidean, agus cha diofar dhuibh. 'S dòcha gum fàs i ro fhuar dhuibh nuair a ruigeas sinn an deigh, ach bu chòir gum bi an tinneas fo rùm seachad roimhe sin."

"Deigh!" dh'èigh Dàibhidh. "Am bi sinn a' dol an lùib na deighe? Am bi cnocan-deighe ann?"

"'S cinnteach!" thuirt Raibeart MacFhionnlaigh le gàire, "agus chan eil iad fada bhuainn nas motha!"

An oidhche sin fhèin, dh'fhàs a' ghaoth na b' fhuaire, ach bha na Moirich nan cadal suain anns na plangaidean aca ann am fasgadh tè dhe na bàtaichean-teasairginn. Ach, aon latha, nuair a ràinig iad Caolas Davis, dhùisg iad, agus ceò geal mun cuairt orra, agus clag a' bhàta a' bualadh. Cha robh deò gaoithe ann a chumadh na siùil suas. Chaidh Ciorstaidh agus Dàibhidh chun na rèile, feuch am faiceadh iad tron cheò dhùmhail a bha gan cuartachadh. Thàinig Mgr MacFhionnlaigh far an robh iad.

Chuir Dàibhidh ceist air, "A bheil clag a' bhàta a' bualadh airson rabhadh a thoirt do bhàtaichean eile gu bheil sinn faisg?"

Chrath MacFhionnlaigh a cheann. "O, chan fhaic thu

mòran bhàtaichean anns an àite seo idir! Tha iad a' feuchainn ri mac-talla fhaighinn."

"Mac-talla?"

"Seadh. O chliathaich a' chnoc-deighe. 'S e cnoc-deighe a tha a' dèanamh a' cheò seo. Tha e a' reothadh na h-àidheir bhlàith. Ma gheibh sinn mac-talla, bidh fios againn gu bheil an cnoc-deighe faisg oirnn."

"O Chiorstaidh, 's dòcha gum faic sinn cnoc-deighe!" Bha Dàibhidh air a dhòigh.

"Tha mi 'n dòchas gum faic sinn ann an deagh àm e, ma tha!" thuirt MacFhionnlaigh.

Dh'fhosgail Ciorstaidh a sùilean gu mòr. "Carson? A bheil e cunnartach?"

Mus do thàrr Raibeart MacFhionnlaigh facal a ràdh, chuala iad mac-talla, an toiseach fad às, agus an-sin na bu chruaidhe is na bu chruaidhe, gus mu dheireadh an robh e cha mhòr cho cruaidh ris a' chlag fhèin.

"Tha e a' tighinn gu math faisg oirnn a-nis," thuirt am fear-malairt.

"A bheil an cnoc-deighe a' gluasad?" dh'fhaighnich Dàibhidh le iongnadh.

"Tha, a Dhàibhidh, tha e a' tighinn thugainn air an t-sruth."

Cha b' urrainn do MhacFhionnlaigh an dragh a chleith. "Thigibh air ais, a chlann, gu fasgadh a' bhàta," agus e gan toirt a-null gu tè dhe na bàtaichean-teasairiginn. Gu h-obann, thog an ceò agus thàinig a' ghrian troimhe. A' dèanamh dìreach orra, chunnaic iad cnoc-deighe mòr uabhasach. Bha stoban mòr air coltach ri stìopaill eaglais, a' deàrrsadh anns a' ghrèin mar bhogha-froise. Bha iad air an dalladh leis na gathan a bha a' tighinn dheth. Sheòl e gu rìoghail nan coinneamh. Ged a bha i air a h-uabhasachadh, cha b' urrainn do Chiorstaidh coimhead air falbh.

"Tha e àlainn!" thuirt i air a socair.

Bha Raibeart MacFhionnlaigh rin taobh, agus e a' cumail sùil gheur air a' chloinn mar a bha an cnoc-deighe a' tighinn orra. Bha e àrd os cionn a' bhàta.

"Ma bhios sinn fortanach 's dòcha gun tèid e seachad oirnn mu dhusan slat bhuainn, fhad 's nach eil sgeilpean biorach air fon uisge," thuirt e.

"A bheil tòrr a bharrachd dhen chnoc-deighe fon uisge?" dh'fhaighnich Dàibhidh.

"O tha, a bhalaich, tha seachd uimhir gu h-ìosal is a tha gu h-àrd."

Bha fuachd fionnar a' tighinn on chnoc-deighe, agus shaoil iad gun robh iad gan reothadh ris an deic.

"Tha e a' seòladh seachad oirnn," thuirt Dàibhidh, ach cha mhòr gun robh na faclan a-mach às a bheul nuair a chuala iad sgreuch uabhasach, agus chaidh am bàta air fad air chrith. Phut Raibeart MacFhionnlaigh a' chlann.

"Seasaibh fon bhàta-teasairginn!" dh'èigh e. "Bithibh ag ùrnaigh nach reub e am bonn às a' bhàta againn!"

Bha cuid mhòr dhe na h-eilthirich air deic a' coimhead air a' chnoc gheal a bha an impis tuiteam air muin a' bhàta. Rinn Ciorstaidh greim-bàis air Dàibhidh, a h-aodann cho geal ris an anart.

Thàinig sgreuch eile, agus chaidh am bàta air chrith a-rithist. Bhris binnean mòr far a' chnoc-deighe, agus thuit tunna de dheigh dìreach far an robh a' chlann nan seasamh beagan mhionaidean roimhe sin. Bhris e an rèile, agus bhuail pìosan air a' bhàta-teasairginn far an robh iad ri fasgadh. Thug cuideam na deighe air a' *Phrince of Wales* claonadh gu cunnartach. Thòisich Ciorstaidh agus Dàibhidh air slaighdeadh sìos chun a' bheàrn a bh' ann an rèile a' bhàta. Leig Ciorstaidh èigh aisde, agus ghreimich i air Dàibhidh. Bha e coltach gum biodh iad air an tilgeil dhan mhuir reòthte. Chuir Dàibhidh a-mach a làmh, agus fhuair e greim air aon dhe na stoban iarainn a bha a' cumail a' bhàta-teasairginn. Chuir seo stad orra.

Stad am bàta a roiligeadh mar nach robh i cinnteach an cuireadh i car no nach cuireadh. Bha na h-eilthirich, agus eagal am beatha orra, a' greimeachadh air rud sam bith a gheibheadh iad, cuid aca ag ùrnaigh. An uairsin air a socair fhèin thill am *Prince of Wales* air ais às an t-sloc eagalach, agus bha i còmhnard aon uair eile.

"Seall, a Chiorstaidh! Tha an cnoc-deighe air a dhol seachad oirnn a-nis!" Thog Ciorstaidh a ceann far gualainn Dhàibhidh.

Thàinig Seumas Moireach agus Ceit nan ruith chun na cloinne. "A bheil sibh air ur goirteachadh?" dh'fhaighnich Ceit.

"Bhitheadh, mura b' e gun do dh'iarr Maighstir MacFhionnlaigh oirnn a dhol am fasgadh a' bhàta-teasairginn," dh'innis Dàibhidh dhaibh.

An uairsin chunnaic iad an caiptean a' gluasad am measg nan daoine draghail a bh' air deic, agus eagal orra fuireach fo rùm.

"Na biodh dragh oirbh tuilleadh," thuirt e riutha. "Tha a' chuid as miosa seachad. Tha sinn air ar tolladh, ach tha na seòladairean ga chàradh, agus tha iad a' pumpadh a-mach an uisge a fhuair a-steach. Gun cuireadh an Cruthaidhear gaoth thugainn a lìonas na siùil!"

Thòisich cuideigin ri seinn às a' cheudamh salm, agus cha b' fhada gus an robh càch ga thogail còmhla ris.

"Togadh gach tìr àrd iolach glaoidh
     do Dhia Iehobhah mòr.
Thigibh, is dèanaibh seirbheis ait
     na làthair-san le ceòl."

Dìreach mar a bha am fonn a' sìoladh air falbh, dh'èirich gaoth shocair o dheas a lìonadh nan seòl. Thog iad an t-acaire agus thòisich am *Prince of Wales* ri gluasad a-rithist.

Nuair a ràinig iad Bàgh Ungabha mu dheireadh, sheòl am bàta na b' fhaisge air a' chost, agus an ath latha bha a' chlann air an dùsgadh le guthan ag èigheach ann an cànan coigreach.

"Dè tha siud?" dh'fhaighnich Ciorstaidh.

Leum iad chun an rèile. Bha mu dheich air fhichead canù timcheall air a' bhàta. Bha na fir is caidheag an urra aca air an dèanamh à bèin-ròin, agus bha dhà no trì bhoireannaich còmhla ann an canù na bu mhotha. Bha iad ag èigheach agus a' gàireachdainn. Bha na h-aodainnean aca cruinn, agus na fiaclan aca cho geal. Thog na fir na pleadhagan aca an àirde a' cur fàilte orra, agus bha na boireannaich a' crathadh an stuth marsantachd aca.

"Dè tha iad ag iarraidh?" dh'fhaighnich Ciorstaidh. Bha caran de dh'eagal oirre leis mar a bha iad ag èigheach.

"Tha iad airson iomlaid a dhèanamh. Tha na fir ag iarraidh tighinn air bòrd leis an stuth a tha iad a' reic. Cha leig an caiptean leotha tighinn air bòrd ach dithis no triùir còmhla."

"Carson? An tionndaidheadh iad oirnn?" dh'fhaighnich Ciorstaidh.

"O, cha thionndaidheadh. Ach ghoideadh iad bhuainn. Tha iad cianail gu goid! Ma tha cus dhiubh ann, chan urrainn dhut do shùil a chumail orra air fad."

"A bheil fhios aca idir gu bheil e ceàrr a bhith a' goid?" thuirt Ciorstaidh.

"Chan eil. Tha iad a' smaoineachadh gu bheil e ceart gu leòr a bhith a' goid o choigrich. Seo a' chiad bhuidheann a' tighinn a-nis!"

Thug Caiptean Turner cead do shianar aca am fàradh-ròpa a dhìreadh agus tighinn air bòrd còmhla. Bha tòrr rudan annasach aca airson iomlaid a dhèanamh, cnàimh muice-mara, grìogagan air an dèanamh à fiaclan eich-

mara, ìomhaighean beaga de chanùthaichean air an
dèanamh à cnàimh. Bha na boireannaich a' sealltainn
lèintean air an dèanamh à bèin-ròin, bonaidean bèin agus
seàlaichean bèin. An uairsin thug na seòladairean a-nuas
an cuid stuth airson iomlaid a dhèanamh: pacaidean de
shnàthadan, sgeinean, grìogagan, tuaghan agus eadhon
coireachan. Bha sùilean nan Easgaimeach a' deàrrsadh.

"Seall! Tha duine an-siud a' sealltainn canù beag snog
air a dhèanamh à cnàimh," thuirt Dàibhidh. "Tha e ag
iarraidh coire air an t-seòladair."

"Chan fhaigh e air a sin e, ma tha," thuirt Raibeart
MacFhionnlaigh le gàire. Chrath an seòladair a cheann.

"Seall a-nis, tha e ag iarraidh tuagh," thuirt Ciorstaidh.

"Chan fhaigh e sin nas motha!"

Ghluais e an uair sin gu sgian, agus an uairsin gu sgian-
pòcaid, agus stad e aig sin. Shìn an seòladair a-mach an
sgian, agus shìn an t-Easgaimeach a-mach an ìomhaigh
dhen chanù. Cha do leig e às an canù gus an robh greim
aige air an sgian.

"Chan eil mòran earbsa aige às, a bheil?" thuirt
Dàibhidh.

"Sin dìreach an dòigh aca. Seall dè nì e a-nis."

"Tha e ag imlich na sgeine!" thuirt Ciorstaidh le
iongnadh.

"Tha e a' sealltainn gur ann leis a tha i. Seo
boireannach a' tighinn a-nis! Tha bonaid-bèin aice."

"Chòrdadh bonaid mar siud rium fhèin airson a bhith
a' dol a shealgaireachd, ach tha mi a' creidsinn nach
dèanadh na h-Easgaimich iomlaid rinne ann," thuirt
Dàibhidh gu teagmhach.

"'S iad a nì, ma tha dad agaibh dhaibh," thuirt
MacFhionnlaigh.

Bha Seumas Moireach a-nis còmhla ri càch.

"Ceannaichidh mi bonaid dhan bhalach ma ghabhas
na h-Easgaimich airgead …"

"Chan eil airgead gu feum sam bith dhaibh, a dhuine!" thuirt MacFhionnlaigh le gàire. "Chan eil bùthan an-seo ann! A bheil cìr no neapaigear brèagha agad?"

Thug Seumas Moireach neapaigear mòr dearg le dotagan geal air a-mach às a phòcaid.

"An dearbh rud! Seall an t-Easgaimeach ud thall. Tha a shùil air mar thà."

Choimhead Seumas air a' bhonaid-bhèin a bh' aig an Easgaimeach, agus an uairsin thog e an neapaigear. Ghabh an t-Easgaimeach nòisean dhen neapaigear. Shìn e a-mach a' bhonaid-bhèin, agus rinn iad an iomlaid.

"Seo ma tha, a Dhàibhidh!" agus chuir Seumas Moireach a' bhonaid air ceann Dhàibhidh. Bha Ciorstaidh a' coimhead caran tùrsach. Thuig tè dhe na boireannaich anns a' mhionaid dè bha ceàrr. Thog i an àirde seacaid-bhèin, agus i a' sealltainn air Ciorstaidh.

"Chòrdadh an t-seacaid ud ri Ciorstaidh," thuirt Dàibhidh.

"Dè ghabhas i air a son?" dh'fhaighnich Ceit Mhoireach. "Tha pacaid shnàthadan agam nam phòcaid." Thog i an àirde iad, ach chrath am boireannach a ceann.

"Tha i a' ciallachadh nach eil sin gu leòr," thuirt Raibeart MacFhionnlaigh.

Chuir Ceit a làmh na pòcaid a-rithist, agus chuir i siosar ri taobh nan snàthadan.

"'S dòcha gum bi feum agaibh air sin, a Mhaistreas, nuair a ruigeas sibh an Abhainn Ruadh," thuirt MacFhionnlaigh rithe.

"Tha dhà eile agam anns a' mhàileid. Faodaidh mi iad seo a thoirt seachad."

Thog Ceit an àirde e, agus gheàrr i pìos far an fhuilt aig Ciorstaidh airson sealltainn carson a bha e. Bha am boireannach Easgaimeach glè thoilichte. Thug i seachad an t-seacaid anns a' mhionaid, a' dèanamh greim air an t-siosar aig an aon àm. Dh'imlich i e, a' sealltainn gur ann leatha fhèin a bha e a-nis. Thòisich i an uairsin ri pìosan a ghearradh far an fhuilt fhada dhuibh aice fhèin. Chuir Ceit an t-seacaid air Ciorstaidh.

"Tha i cho blàth!" thuirt Ciorstaidh ga teannachadh timcheall oirre.

"Seo a-nis, tha aodach aig an dithis agaibh a tha freagarrach air an t-sìde anns an dùthaich seo," thuirt Raibeart MacFhionnlaigh le gàire.

Mar a bha am bàta a' dol air adhart, bha a' chuid bu mhotha dhe na bh' air bòrd a' faighinn seachad air an tinneas-mara. Ach bha feadhainn aca fhathast nan sìneadh anns na buncaichean aca, tinn agus fiabhrasach, agus gun iad ag ithe greim. An toiseach bha an Dotair La Serre dhen bheachd gur e an tinneas-mara a bh' orra, ach an uairsin dh'eug aon duine, agus thòisich broth air nochdadh air cuid aca. Chaidh e far an robh Caiptean Turner.

"Tha eagal orm gu bheil bochdainn nas miosa na an tinneas-mara air feadhainn dhe na h-eilthirich," thuirt e ris a' Chaiptean. "Bhàsaich aon duine mar tha, agus tha leanabh ann a tha dìreach gus falbh. Tha broth air a com. Dh'fhaodadh gur e am fiabhras dearg a th' ann. No . . . no am fiabhras ballach." Bha an Dotair a' bruidhinn ann an guth ìosal.

"Am fiabhras ballach? Dh'fhaodadh sin sgapadh mar an teine am measg nan daoine fo rùm." Bha an Caiptean draghail.

"Dh'fhaodadh gu dearbh," dh'aontaich an Dotair.

"Dè 's urrainn dhut a dhèanamh?"

"Feuchaidh mi ris na daoine tinn a chumail anns an aon chèaban, ach tha iad air a bhith am measg chàich mar tha. Chan urrainn dhomh an còrr a dhèanamh, ach sùil a chumail a-mach airson neach sam bith eile leis an fhiabhras, agus an cur air leth anns a' mhionaid." Chaidh an Dotair air chrith fhad 's a bha e a' bruidhinn.

91

"A bheil thu fhèin ceart gu leòr?" dh'fhaighnich an Caiptean gu cabhagach.

"Chan eil càil ceàrr orm. 'S dòcha gu bheil mi rud beag sgìth. Tha na h-uimhir a dhaoine tinn ann airson coimhead às an dèidh. Ma dh'fhàsas mise bochd," thuirt an Dotair gu sgagach, "tha duine òg am measg nan Gaidheal, fear dhe na ceannardan aca, Gilleasbaig MacDhòmhnaill. Tha e ag ionnsachadh a bhith na dhotair, ged nach eil e deiseil fhathast. Tha e air a bhith gam chuideachadh - gam chuideachadh." Stad an Dotair a bhruidhinn; thàinig laigse air, agus thuit e chun an deic.

An oidhche sin bha an Dotair La Serre glè fhiabhrasach, a' bruidhinn ris fhèin, agus e na bhreislich. Dìreach nuair a bha am bàta a' dol a-steach gu Bàgh Hudson, bhàsaich e. Bhàsaich còig eilthirich eile cuideachd. Bha deich air fhichead euslainteach leis an fhiabhras aig Gilleasbaig MacDhòmhnaill air a làmhan! Dh'fhàs na h-eilthirich eagalach: bha a h-uile duine a' cumail sùil air a nàbaidh air eagal 's gun robh am broth uabhasach a' nochdadh air. Bha Ceit Mhoireach a' sealltainn gu cùramach air a' chloinn.

"Dia gar cuideachadh, ma tha sinn air a' chlann a thoirt air an turas èiginneach seo airson bàsachadh le fiabhras mus ruig sinn tìr a' gheallaidh," thuirt i ris an duine aice.

"Bi làidir, a Cheit. Tha Dàibhidh is Ciorstaidh air a bhith air deic cus nas motha na a' chlann eile a th' air a' bhàta. Tha Mgr MacFhionnlaigh ag ràdh nach bi am fiabhras beò a-muigh mar seo. Cumaidh sinn againn fhèin cho mòr 's as urrainn dhuinn."

Bha Ceit mar gun robh i a' smaoineachadh fhad 's a bha Seumas a' bruidhinn. Rinn Gilleasbaig MacDhòmhnaill ospadal de dh'aon dhe na cèabain, agus chuir e duine sam bith a bha fiabhrasach an-sin. Dh'iarr e cuideachadh air na boireannaich airson coimhead as dèidh na feadhainn a bha tinn. Bha Ceit fo imcheist - am bu chòir dhi coimhead as dèidh a cloinne fhèin, no cuideachadh leis an fheadhainn a bha tinn agus a' bàsachadh? Mu dheireadh thuirt i ri Seumas, "Tha fios agam gun do dh'aontaich sinn fuireach air falbh o chàch, ach mura dèan mi mo dhleasdanas agus cuideachadh leis na daoine tinn, bidh e air mo chogais gu sìorraidh tuilleadh."

"Dè ma bheir thu am fiabhras chun na cloinne againn fhèin?" dh'fhaighnich Seumas dhi.

"Smaoinich mi air sin. Tha an fheadhainn a tha a' coimhead as dèidh nan daoine tinn a' cumail air leth o chàch. Cha tig mise faisg oirbh gus an tèid sinn air tìr aig York Factory. Bidh e doirbh. Na bi a' coimhead orm mar sin, cho teagmhach. Tha clann ann a tha feumach air coimhead às an dèidh, a Sheumais. Smaoinich nam b' e a' chlann againne a bh' annta."

"Ach thusa, a Cheit? Dè mud dheidhinn fhèin?" Bha Seumas glè dhraghail.

"Le gràs Dhè, bidh mi air mo chaomhnadh. Ach tha Mgr MacDhòmhnaill feumach air cuideachadh."

"Carson nach fhaigh e cuideachadh o na teaghlaichean aig a bheil daoine tinn?" dh'fhaighnich Dàibhidh, nuair a chuala e dè bha a mhàthair a' dol a dhèanamh.

"A Dhàibhidh, ma tha an dachaigh a tha sinn a' dol a dhèanamh anns an dùthaich ùir gu bhith dòigheil agus ceart, feumaidh sinn a bhith a' cuideachadh a chèile. Ma leigeas sinn a chèile sìos an-dràsda, cha sheas sinn gu sìorraidh gualainn ri gualainn nuair a thig trioblaidean nas miosa na seo oirnn. Sin as adhbhar gum feum mi na 's urrainn dhomh a dhèanamh." Choimhead a mhàthair air gu dùrachdach.

"Tha mi a' tuigsinn sin, a Mhàthair," thuirt Dàibhidh.

"Chan eil mi airson am fiabhras a thoirt dhuibh, agus

mar sin cumaidh mi air falbh, agus fuirichidh mi ann an cèaban nam banaltram."

"O, Mhamaidh!" choimhead Ciorstaidh oirre le uabhas.

"Bi làidir, a Chiorstaidh, agus coimhead às dèidh d' athar agus do bhràthar dhomh. 'S dòcha nach bi e fada."

"'S e boireannach treun a th' anns a' bhean agad, a Sheumais Mhoirich," thuirt MacFhionnlaigh nuair a chuala e dè bha Ceit air a dhèanamh. "Tha rud mar siud ag iarraidh tòrr neirt. Bidh thu fhèin agus do theaghlach glè dhòigheil anns an dùthaich ùir seo. Ma thèid agamsa air do chuideachadh a' coimhead às dèidh na cloinne, nì mi e."

An latha às dèidh seo ràinig iad an raon-deighe. Cha robh ach aon chaolas troimhe, agus mar a bha am bàta a' dol troimhe, dhùin an deigh timcheall oirre, ga glasadh a-staigh. Bha Ciorstaidh a' coimhead le uabhas air an deàrrsadh gheal a bha timcheall orra.

"Am bi am bàta glaiste teann an-seo gu bràth tuilleadh, a Dhàibhidh?"

"Cha bhi, chan eil mi a' smaoineachadh gum bi. Tha gaoth nas blàithe a' tighinn on àirde deas mar tha," fhreagair Mgr MacFhionnlaigh an àite Dhàibhidh. "Fosglaidh e na sgàinidhean a th' anns an deigh fhathast, agus tha an Caiptean ag ràdh gu bheil e a' faicinn cuan fosgailte air an taobh thall leis a' phrosbaig. Cho luath 's a dh'fhosglas an caolas, tarraingidh na seòladairean am bàta troimhe chun a' chinn eile le ròpan."

"Bidh e math sin fhaicinn!" thuirt Dàibhidh.

"Bidh, a bhalaich, ach mura bheil mise air mo mhealladh, bidh spòrs eile againn roimhe sin." Bha Mgr MacFhionnlaigh a' coimhead tron phrosbaig aige. Shìn e do Dhàibhidh i. "Feuch an dèan thu a-mach dè tha siud."

Bha Dàibhidh moiteil iasad fhaighinn dhen phrosbaig.

"Mathain!" dh'èigh e. "An e mathain a th' annta?"

"'S e. 'S e mathain a th' annta, trì dhiubh. Ciamar a chòrdadh e riut a dhol a shealg, a Dhàibhidh?"

Bha na sùilean aig Dàibhidh a' deàrrsadh. "A bheil sibh dha-rìribh, a Mhgr MhicFhionnlaigh?"

"Tha mi a' dol a dh'fhaighneachd do Chaiptean Turner an toir e dhomh geòla agus duine no dithis airson iomradh, agus bheir mise leam mo mhusgaid. A bheil thu airson tighinn còmhla rium?"

"O, tha gu dearbh!" thuirt Dàibhidh gu toilichte.

Cha robh Seumas Moireach e fhèin air dheireadh.

"Na . . nam biodh feum agaibh air cuideigin a dhèanamh iomradh, a Mhgr MhicFhionnlaigh, tha mise glè eòlach air geòlaichean," agus an uairsin chuimhnich e air Ciorstaidh. "Feumaidh mi fuireach còmhla ri Ciorstaidh on a tha a màthair . . . "

"A, ge-ta, chuala mise Ciorstaidh ag ràdh ri Dàibhidh gun robh ise i fhèin deònach ionnsachadh mar a laimhsicheadh i gunna. 'S dòcha gum bu chòir dhuinn leigeil leatha tighinn anns a' gheòla còmhla rinn?"

"O, bu chòir, bu chòir, a Mhgr MhicFhionnlaigh," bha Ciorstaidh ag èigheach, agus i a' fàs dearg anns an aodann.

"Glè mhath, ma tha! Thalladh sibhse, agus cuiribh oirbh aodach blàth."

Bha an Caiptean glè dheònach geòla a chur air bhog, agus Tòmas MacPhàdraig a chur còmhla riutha. Shuidh Ciorstaidh agus Dàibhidh còmhla ann an deireadh na geòla, agus ghabh dithis dhe na fir ràmh an urra. Bha grunnan dhaoine gan coimhead o chliathaich a' bhàta.

Tharraing na fir a' gheòla pìos suas tron chaolas. "Feumaidh sinn faighinn suas os cionn nam mathan gus nach toir a' ghaoth ar fàileadh thuca," dh'innis Mgr MacFhionnlaigh dhaibh.

Nuair a thàinig iad na b' fhaisge, chunnaic iad gur e mathan boireann agus dà chuilean a bh' annta. Bha na

cuileanan a' cluich air an deigh, a' leigeil orra gun robh
iad a' sabaid. Bha am mathan boireann a' toirt sgleog
dhaibh le spòig an-dràsda 's a-rithist nuair a bha iad a' fàs
ro gharg.

Thug iad a' gheòla gu taobh na deighe, agus thàinig
iad uile a-mach air an deigh ach Mgr MacPhàdraig.
Dh'fhuirich esan anns a' gheòla air eagal 's gum falbhadh
i 's gum biodh iad air am fàgail an-siud.

A' gabhail air an socair, fhuair iad faisg gu leòr air na
mathain airson urchair a chur annta. Bha na cuileanan
cho trang a' cluich, agus am màthair gan coimhead, 's
nach cuala iad càil. Smèid Mgr MacFhionnlaigh air càch
tighinn na b' fhaisge fhathast.

Gu h-obann choimhead am mathan boireann mun

96

cuairt mar gum biodh i a' tuigsinn gun robh rudeigin ceàrr. Chunnaic i a' bhuidheann a bha a' tighinn a-nall thuice. An toiseach rinn i dranndan fiadhaich, agus thug i ceum no dhà nan coinneamh. An uairsin, mar gun tuigeadh i gun robh cus dhiubh ann, thill i 's rinn i dranndan ris na cuileanan. Sguir iad a chluich agus thàinig iad nan roiligean tarsainn air an deigh far an robh am màthair. Bha eagal orra dìreach mar a tha air clann nuair a thig cunnart orra gun fhiosda. Chuir am màthair a spògan toisich timcheall orra airson an dìon. Choimhead i air aon chuilean, agus an uairsin air an fhear eile, mar nach b' urrainn dhi a h-inntinn a dhèanamh suas cò am fear a shàbhaileadh i. Choimhead i air a cùlaibh airson dòigh air faighinn às, ach cha robh càil ann ach raon mòr deighe. Bha na fir eadar i agus a' mhuir far am biodh i sàbhailte. Shreap fear dhe na cuileanan air a druim. Chuimsich Raibeart MacFhionnlaigh a mhusgaid gu cùramach. Ghreimich am mathan an cuilean eile ri a h-uchd gu teann, agus rinn i ràn muladach mar gum biodh i ag iarraidh tròcair.

"O!" leig Ciorstaidh ràn beag aisde. Leag Mgr MacFhionnlaigh a mhusgaid.

"Tha mi duilich gun do mhill mi an urchair agaibh, a Mhgr MhicFhionnlaigh," thuirt i.

Chlapanaich Mgr MacFhionnlaigh a ceann. "Tha sin ceart gu leòr, a Chiorstaidh. Cha do mhill thu an urchair agam idir. Cha b' urrainn dhomh a marbhadh. Bha i cho coltach ri màthair sam bith le a cuid chloinne. Chan ionnan sealg nuair a dh'fheumas duine feòil airson biadh agus bian airson aodach. Feumaidh duine marbhadh an uairsin. Ach nuair nach eil ann ach spòrs - uill, tha mi a' smaoineachadh gu bheil e nas fheàrr a bhith tròcaireach. Chan eil feum againn air feòil no bèin an-dràsda."

Mar gum biodh fios aca gun robh an cunnart seachad, dh'fhalbh na mathain air an socair fhèin tarsainn na deighe.

"A-nis 's fheàrr dhuinn tilleadh chun a' bhàta," thuirt Mgr MacFhionnlaigh.

Nuair a ràinig iad am bàta bha a' ghaoth na bu bhlàithe, agus bha an deigh timcheall air a' bhàta a' sgàineadh. Bha Caiptean Turner a' toirt seachad òrdan far na drochaid.

"Slaodaidh sinn am bàta tron chaolas, a Mhgr Cotterell. Tagh dà bhuidhinn. Faodaidh na h-eilthirich na seòladairean a chuideachadh. Ceangail ròpan ri toiseach a' bhàta. Leig sìos dà gheòla airson na fir agus na ròpan a thoirt gu dà thaobh na deighe. Nuair a ruigeas sibh, cuir buidheann air gach ròp, agus slaodaibh leis na th'agaibh de neart. Feumaidh sinn am bàta a thoirt a-mach dhan chuan mhòr mus reoth i a-rithist aig beul na h-oidhche."

Cha b' fhada gus an robh an dà bhuidhinn air an deigh air gach taobh dhen chaolas. Thòisich na daoine air slaodadh nan ròpan. Bha pìobaire Gaidhealach, Dòmhnall Guinne, air bòrd. Thòisich esan ri fonn aighearach a chluich airson na fir a bhrosnachadh. A' cumail ris an fhonn, shlaod iad an ròp, dh'aom iad, sheas iad, agus shlaod iad a-rithist - gluasad ceòlmhor brèagha. Nuair a ràinig iad an cuan fosgailte a bha a' dol gan toirt gu Bàgh Hudson, stad an ceòl. Thill na fir air bòrd, lìon na siùil, agus bha am bàta mar eun mòr gus falbh air iteig.

6. AN T-SLIGHE DHAN ABHAINN RUADH

Bha daoine fhathast a' bàsachadh leis an fhiabhras, agus ged a bha cuid a' fàs na b' fheàrr, bha e soilleir gun robh cuid eile nach ruigeadh an dùthaich ùr gu bràth. A h-uile latha aig àm àraid, bha Ceit Mhoireach a' tighinn gu doras a' chèabain. Bha i a' smèideadh dhan teaghlach aice, a shealltainn dhaibh gun robh i gu math.

"Taing do Dhia nach do ghabh do mhàthair an tinneas," thuirt Seumas ri Ciorstaidh.

Bha e a' cur dragh air Gilleasbaig MacDhòmhnaill, ceannard nan Catach, cuin a bhiodh an cunnart seachad. Bha iomagain air Caiptean Turner cuideachd. Chuir e a dh'iarraidh Ghilleasbaig, agus rinn e fhèin agus am Meat, Mgr Cotterell, còmhradh ris mun tinneas.

"Cha robh am fiabhras seo agamsa riamh roimhe air bàta. Tha thu fhèin air grunn dhe do mhuinntir a chall, agus tha mise air dà dheagh sheòladair a chall," thuirt e ri Gilleasbaig. "Ma chailleas mise an còrr dhe mo sgioba, cha bhi dòigh agam air a' bhàta a thoirt dhachaigh. Chan urrainn dhomhsa seòladairean fhaighinn anns an Artach.

"Bu mhath leam na h-eilthirich a chur air tìr cho luath 's as urrainn dhomh. Bhiodh luchd an fhiabhrais na b' fheàrr ann an àite far am biodh iad air leth o chàch. Tha mi a' dol a dhèanamh air Dùn Churchill, on a tha e nas fhaisge na York Factory, agus cuiridh mi air tìr an-sin iad."

Choimhead Gilleasbaig agus am Meat air le iongnadh.

"Chan eil dùil ris na h-eilthirich aig Dùn Churchill. Am bi biadh ann dhaibh?" dh'fhaighnich Gilleasbaig MacDhòmhnaill.

Bha Caiptean Turner coma. "Bidh rud beag air

choireigin ann. Ach co-dhiù, feumaidh na h-eilthirich fàs eòlach air sealg an cuid feòil, nach fheum?"

"O, feumaidh gu dearbh, aon uair is gu bheil iad làidir gu leòr," thuirt Gilleasbaig, "ach an-dràsda tha a' chuid as motha aca cho lag 's nach tèid aca air seasamh. Nach b' fheàrr dhuibh ar toirt gu York Factory, far a bheil dùil rinn?"

Dh'fhàs an Caiptean corrach. "Feumaidh tusa tuigsinn, a bhalaich, gur ann agamsa as fheàrr tha fios dè fhreagras air a' bhàta agam. Tha mi a' dèanamh air Dùn Churchill."

Mar sin, thog am *Prince of Wales* oirre chun an iar an àite dhol gu deas. Bha Raibeart MacFhionnlaigh draghail cuideachd nuair a chuala e nach robh iad a' dol gu York Factory, agus chaidh e far an robh Caiptean Turner, feuch an toireadh e air a bheachd atharrachadh, ach dh'fhaillich air.

Rinn am bàta air Dùn Churchill. Nuair a bha iad a' dol seachad air Rubha nan Easgaimeach, bha na h-eilthirich a' cròdhadh chun na rèile airson a' chiad sealladh fhaighinn dhen dùthaich ùir. Thuit an cridheachan nuair a chunnaic iad cho fuar is cho creagach 's a bha an t-àite, agus an dùn ag èirigh suas os a chionn.

"Tha e coltach ri prìosan!" thuirt Dàibhidh.

"A bheil sinn a' dol a dh'fhuireach ann an àite mar seo?" dh'fhaighnich Ciorstaidh.

Bha Seumas Moireach fhèin a' coimhead air an àite le uabhas.

"Och, togaibh ur cridhe! Tha an dachaigh ùr agaibh seachd ceud mìle gu deas. Tha e mòran nas blàithe ansin, agus as t-Earrach tha flùraichean brèagha a' fàs air a' phrèiridh."

Bha Raibeart MacFhionnlaigh a' feuchainn rim brosnachadh.

"Ach ciamar a gheibh sinn ann?" dh'fhaighnich Dàibhidh.

"O, le canù pàirt dhen rathad."

"Canù!" Bha Dàibhidh air a dhòigh.

"Ach bidh astar ri choiseachd cuideachd," thuirt Raibeart. "'S dòcha gum feum sibh bhrògan-sneachda a chur oirbh aig amannan."

Thàinig am bàta a-steach ris a' chidhe faisg air an dùn mhòr, agus thòisich iad ris na h-eilthirich a chur air tìr. Bha na daoine tinn air sìneadairean de chanabhas a bha ceangailte ri dà phòile. Bha Ciorstaidh a' coimhead gu dùrachdach airson a màthar.

"Siud i. Tha i a' cuideachadh leanabh beag," thuirt Dàibhidh, agus e ga seailltainn do Chiorstaidh.

Thàinig Ceit Mhoireach air tìr, agus nighean bheag aice na h-achlais. Thug rudeigin oirre coimhead suas far an robh a' chlann aice fhèin nan seasamh aig an rèile.

"A Mhàthair! A Mhàthair!" dh'èigh Ciorstaidh. Chum a h-athair greim oirre mus ruitheadh i sìos às a dèidh. Dh'èigh e dha bhean, "A bheil thu ceart gu leòr, a Cheit?"

"Tha mi gu math, a Sheumais, taing do Dhia! Tha Mgr MacDhòmhnaill ag ràdh fhad 's nach gabh duine eile am fiabhras gum faod feadhainn dhe na nursaichean tilleadh chun nan teaghlaichean aca fhèin."

"O, Mhamaidh, tha mi an dòchas nach bi sibh fada gun tilleadh!" thuirt Ciorstaidh, is i glè dhuilich.

"Cum suas do chridhe, a ghaoil. 'S dòcha nach bi e uabhasach fada gus am bi mi còmhla ribh a-rithist." Cha robh fasgadh ann dha na h-eilthirich idir. Gu tròcaireach, chuidich Companaidh Bàgh Hudson le bhith a' togail bothan dha na daoine tinn, agus teantaichean dha na nursaichean.

"Tha mi fhathast dhen bheachd gum bu chòir na daoine seo a thoirt gu York Factory far an robh dùil riutha," thuirt Mgr MacFhionnlaigh gu cruaidh ris a' Chaiptean. "Chuir mi fios gu muinntir na Companaidh an-sin a dh'innse dhaibh dè th' air tachairt. Ach an-

dràsda feumaidh sinn teantaichean a chur suas airson
nan teaghlaichean, gus an tèid aca air fasgadh ceart a
thogail."

Bha Dàibhidh a' smaoineachadh gun robh e uabhasach
math a bhith a' fuireach ann am fìor theanta Innseanach
air a dhèanamh de bhian buabhail, agus a bhith a' goil
choireachan, agus a' còcaireachd air teintean a-muigh.

"Tha seo dìreach sgoinneil. Tha mi a' faireachdainn
gu bheil mi nam shealgair dha-rìribh."

"Huh! Tha mise ag iarraidh taigh!" thuirt Ciorstaidh.
"Agus - agus b' fheàrr leam gun robh Mamaidh air ais
còmhla rinn. Tha thusa ceart gu leòr, a Dhàibhidh!
Faodaidh tusa bruidhinn ris na fir agus na balaich eile – "

Bha a guth gus tachdadh.

An latha sin fhèin, nuair a bha Ciorstaidh a'
còcaireachd feòil buabhail a bh' air a tiormachadh, a
cheannaich a h-athair a bùth an Dùin, choimhead i suas
agus cò chunnaic i ach a màthair na seasamh aig doras
an teanta. Thug Ciorstaidh leum aisde, agus dh'fhalbh
an sgian agus am pana às a làmhan.

"A Mhamaidh! A Mhamaidh!" dh'èigh i. "A bheil
sibh air tilleadh thugainn tuilleadh?"

"Tha, mo ghaoil. Tha mòran dhe na daoine tinn a' fàs
nas fheàrr. Thuirt Mgr. MacDhòmhnaill gun robh e ceart
gu leòr dhomhsa tilleadh chun an teaghlaich agam fhèin."

"O, tha mi cho toilichte, cho toilichte!" bha Ciorstaidh
ag ràdh, agus na deòir a' ruith air a gruaidhean.

"Càit a bheil d' athair agus Dàibhidh?"

"Tha iad air a dhol a shealg chearcan-tomain."

"Cearcan-tomain! A bhalaich ort! 'S e na h-uaislean a
bhiodh ag ithe chearcan-tomain ann an Alba!"

"Tha a h-uile rud gu bhith nas fheàrr a-nis on a tha
sibhse air ais, a Mhamaidh!" thuirt Ciorstaidh gu taingeil.

Bha na Moirich gu math toilichte cruinn mun teine an
oidhche sin. Thàinig Seumas agus Dàibhidh dhachaigh

le dà chearc-thomain agus geàrr.

"Mharbh mi fhèin tè dhe na cearcan-tomain leis a' ghunna aig Mgr MacFhionnlaigh," thuirt Dàibhidh is e cho moiteil. "Thug e dhomh iasad dheth."

"Uill, uill! 'S e sealgair a th' annad mu thràth," thuirt Ceit le gàire.

Nuair a chuala Maoileas MacDhòmhnaill, Riaghladair Tìr na h-Aibhne Ruaidh, gun do chuir Caiptean Turner na h-eilthirich air tìr aig Dùn Churchill gun bhiadh no fasgadh, bha an caoch air. "Tha mi an dòchas gum fuiling e cruaidh airson a bhrùidealachd," thuirt e ri Mgr Auld, fear dhe na ceannardan aig York Factory.

Chaidh Mgr Auld gu Dùn Churchill a dh'fhaighinn a-mach dè bha a' tachairt an-sin.

Ach a-nis, bha an t-sìde air briseadh. Cha robh dòigh air an seòladh am *Prince of Wales*. As dèidh beagan làithean chruinnich Mgr Auld na h-eilthirich timcheall air.

"Tha mi duilich, ach chan eil dòigh air am faigh sinn gu York Factory mus tig an geamhradh oirnn. Feumaidh sinn an geamhradh a chur seachad an-seo."

"Còig mìle deug suas Abhainn Churchill, tha àite ann far a bheil fiodh gu lèor airson bothain a thogail agus teintean a dhèanamh. Feumaidh sibh na craobhan a leagail, ach feumaidh sibh sin a dhèanamh co-dhiù nuair a ruigeas sibh an Abhainn Ruadh."

"Tha cuid againn nach ruig an Abhainn Ruadh gu sìorraidh ma dh'fheumas sinn an geamhradh a chur seachad an-seo," thuirt fear dhe na h-eilthirich ris. "Càit a bheil sinn a' dol a dh'fhaighinn biadh?"

"Tha iasg gu leòr anns an abhainn!" fhreagair Mgr Auld gu crosda. "Agus tha gunnachan aig a' mhòr-chuid agaibh a bharrachd. Ma bhios sibh gann de bhiadh, chan eil sibh fada o Dhùn Churchill, agus faodaidh sibh feòil pheamagan a cheannach an-sin, ma thèid sibh fhèin ga h-iarraidh leis na slaodan agaibh."

'S e feòil buabhail a bh' ann am peamagan, a bh' air a thiormachadh agus air a phronnadh, agus a bha an uairsin air a chur ann am pocannan craicinn. Bha na h-Innseanaich Dhearg ga reic ri Companaidh Bàgh Hudson.

Chaidh na h-eilthirich a bha fallain air adhart chun an àite a shealladh dhaibh air Abhainn Churchill. Leag iad craobhan, agus shàbh iad nan sgonnan iad. Thog iad an uairsin taighean le bhith a' cur nan sgonnan air muin a chèile, agus a' lìonadh nam beàrnan eatarra le crèadh fhliuch às an abhainn. Bha Dàibhidh ag obair còmhla ri athair. Mu dheireadh thall, bha na bothain deiseil airson a dhol a dh'fhuireach annta, agus thàinig na boireannaich agus a' chlann à Dùn Churchill. Bha Dàibhidh glè mhoiteil a' sealltainn a' bhothain aca fhèin do Cheit is do Chiorstaidh.

"Aon uair is gu bheil sibh na bhroinn, chan fhairich sibh a' ghaoth idir. Agus rinn sinn àirneis-taighe cuideachd, seall!" Sheall e dhaibh na pìosan mòra cruinn a bha iad air a shàbhadh o na craobhan airson bòrd agus sèithrichean.

"Ach càit a bheil na leapannan?" dh'fhaighnich Ciorstaidh.

"Tha pìosan canabhais againn a chrochas sinn o na sailean. Cheannaich m' athair iad aig Dùn Churchill. Cha do rinn sinn ùrlar idir: cha robh tìde againn," dh'innis e dha mhàthair. "Feumaidh sinn a' chùis a dhèanamh leis an talamh lom."

"Dh'fhaodamaid còinneach a chruinneachadh agus a thiormachadh," thuirt Ciorstaidh. "Ma sgaoileas sinn air an ùrlar i, bidh i blàth fo ar casan." Mu thràth, bha a' chlann a' smaoineachadh air dòighean air an dèanadh iad am beatha ùr na bu chofhurtaile anns an dùthaich choimhich, chruaidh seo.

Aig deireadh na Sultain, dhùin an geamhradh timcheall

104

orra le gaothan nimheil an Artaich agus frasan sneachda.
Bha am pailteas de chearcan-tomain agus de gheòidh air
iteig gu deas, agus bha na h-eilthirich gam marbhadh
airson an ithe. Bha iad a' glacadh iasg agus ga
thiormachadh. Uaireannan bha na fir a' dol gu Dùn
Churchill leis na slaodan a dh'iarraidh feòil buabhail. 'S
e àm inntinneach a bha seo do Dhàibhidh. Thàinig e
a-steach dhan bhothan aon latha, làn othail. Bha e air a
bhith gu Dùn Churchill còmhla ris na fir.

"Còig mìle deug ann agus còig mìle deug air ais, agus
chum mi suas riutha!" dh'innis e do Chiorstaidh, agus e
cho moiteil às fhèin. "Chaidh sinn air an abhainn reòthte
le brògan-sneachda."

"Tha e math gu leòr dhutsa, a Dhàibhidh, a'
sealgaireachd agus ag iasgach agus a' falbh gu Dùn
Churchill, ach chan eil dad an-seo a nì mise ach fuaigheal.
Tha mi seachd sgìth a' dèanamh miotagan bèin às na
beathaichean a bhios tusa a' glacadh! B' fheàrr leam – "

"Cuimhnich, a Chiorstaidh!" thuirt Dàibhidh, agus e
a' cur a chorrag ri bheul. "Gheall thu."

Dhùin Ciorstaidh a beul teann, ach thàinig na deòir
gu a sùilean. Bha truas aig Dàibhidh rithe.

"Fuirich ort, a Chiorstaidh! Carson nach ionnsaicheadh
tu falbh air brògan-sneachda?"

"O, am b' urrainn dhomh?"

"O uill, thuiteadh tu turas no dhà an toiseach ach
thigeadh tu thuige. An uair sin dh'fhaodadh tu tighinn a
dh'iasgach agus a shealg còmhla riumsa."

"'S dòcha gum b' fheàrr dhuinn uile ionnsachadh a
bhith a' falbh air brògan-sneachda," thuirt Seumas
Moireach. "Bha mi a' bruidhinn ri Mgr MacFhionnlaigh
aig Dùn Churchill an-dè, agus bha e ag ràdh nuair a
thigeadh am Màrt, gum bu chòir do bhuidheann againn,
a tha làidir agus fallain, dèanamh air York Factory tarsainn
an t-sneachda."

105

"Carson a dhèanamaid sin?" dh'fhaighnich Ceit. "Nach cuir iad bàta gar n-iarraidh?"

"Chan fhaigh bàta troimhe gus an leagh an deigh anns a' Bhàgh. Bhiodh sin ro fhada airson sìol a chur airson buain a dhèanamh am bliadhna. Tha Mgr MacFhionnlaigh ag ràdh gum bu chòir dhuinn a bhith aig York Factory, deiseil airson dèanamh air an Abhainn Ruaidh, cho luath is a bhriseas an deigh air na h-aibhnichean.

"Bidh seachd ceud mìle againn ri shiubhal dhar cois agus le canù. Bu toil leam gum biomaid uile còmhla nuair a thòisicheas sinn air a' bheatha ùir againn. An ionnsaich thu brògan-sneachda a chleachdadh, a Cheit, gus am bi thu deiseil airson falbh?"

"Nì mi mo dhìcheall," gheall i. "'S beag a bha dhùil agam gur e seo an dòigh a ruigeamaid tìr a' gheallaidh, a Sheumais, nuair a thog sinn oirnn an toiseach air an turas èiginneach a bha siud à Cùl Mhaillidh."

"'S ann èiginneach a bha e, agus 's ann èiginneach a bhios e fhathast," thuirt Seumas. "Ach cum suas do mhisneachd, a luaidh!"

"Ma tha na bheil mi a' cluinntinn mu fhalbh air brògan-sneachda fìor, 's e misneachd a dh'fheumas mi," thuirt Ceit le gàire.

Rinn Seumas agus Dàibhidh brògan-sneachda dhaibh. Dh'fheuch Ceit ceum no dhà air an talamh chòmhnard timcheall air a' champa.

"Tha seo math. Tha e a' còrdadh rium!" dh'èigh i.

"Feuchaibh ri dhol suas am bruthach ud," thuirt Dàibhidh rithe. Bha e a' tarraing aisde, ach rinn Ceit mar a dh'iarr e oirre.

"Thoiribh an aire. Na cuiribh na brògan an greim mar sin!" dh'èigh Dàibhidh.

Ach bha e ro fhadalach. Chuir bàrr nam brògan car dhith, agus chaidh Ceit an comhair a cinn dhan

106

t-sneachda.

"Chan urrainn dhomh èirigh!" dh'èigh i, agus na bròganan-sneachda an àird os a cionn. "Chan urrainn dhomh seasamh!"

Bha Dàibhidh a' dol às a chiall a' gàireachdainn.

"Bha fios agam gun tachradh siud!"

"Nach tu bha mosach a dh'iarr orm a dhèanamh," thuirt Ceit gu crosda. "Trobhad agus cuidich mi!"

"Feumaidh sibh fàs cleachdte ri bhith a' dol suas is sìos na cnuic. Chan eil an talamh còmhnard fad an rathaid eadar seo agus York Factory."

Chuidich Dàibhidh na seasamh i.

"Cha bhithinn air faighinn gu mo chasan gu sìorraidh mura b' e gun robh thu an-seo."

"Och, sibh a bha. Cha robh agaibh ach car a chur dhibh fhèin, agus na brògan a thoirt dhibh," thuirt Dàibhidh rithe.

Bha Ceit is Ciorstaidh ag obair gu cruaidh air na bròganan-sneachda, agus nuair a thàinig deireadh a' Mhàirt, bha an teaghlach air fad deiseil airson a dhol air adhart gu York Factory. Thàinig Raibeart MacFhionnlaigh à Dùn Churchill le sealgairean Innseanach agus luchd-iùil, agus air an t-siathamh latha den Ghiblean1814, thog iad orra. Bha Dòmhnall Guinne am pìobaire air thoiseach, a bhreacan a' siabadh sa ghaoith, a phìob-mhòr air a ghualainn agus port math Gaidhealach a' brosnachadh nan daoine a bha tighinn às a dhèidh. Air a chùlaibh bha Gilleasbaig MacDhòmhnaill, Mgr MacFhionnlaigh agus am fear-iùil. An uair sin thàinig na fir a' tarraing an cuid air slaodan, na boireannaich an uair sin, agus aig an deireadh, duine no dithis dhe na h-eilthirich a bu treasa, airson an fheadhainn a thuiteadh air deireadh a chuideachadh.

'S e turas cruaidh a bh' ann, oir dh'fheumadh iad

cumail a' dol fhad 's a mhaireadh an latha dhaibh. A h-uile madainn aig trì uairean, bha iad air an dùsgadh le urchair. A' chiad mhadainn, bha Ciorstaidh air a h-uabhasachadh.

"Dè idir a bha siud? A bheil cuideigin a' dol gar marbhadh?"

"Chan eil, a Chiorstaidh! 'S e Mgr MacFhionnlaigh a th' ann ag innse dhuinn gu bheil an t-àm againn èirigh," thuirt Dàibhidh le gàire.

"Ach tha i dall dubh dorcha!" bha Ciorstaidh a' gearain.

"Bidh solas an latha againn mus toir sinn na teantaichean às a chèile, agus mus roilig sinn na plangaidean. Tha na slaodan rim pacaigeadh, agus tha bracaist againn ri ghabhail!" thuirt a h-athair rithe. "Feumaidh sinn astar mòr a chur às ar dèidh fhad 's a mhaireas solas an latha."

Thug urchair eile rabhadh dhaibh gun robh an t-àm aca togail orra. Cha robh duine air deireadh uair sam bith. Bha a h-uile duine deiseil còmhla. Cha robh buidheann riamh ann a bha cho treun. Fad naoi latha chum iad a' dol, a' cur aon chas air beulaibh na tèile, a' tarraing nan slaodan suas is sìos na leathaidean, agus air deigh nan aibhnichean airson an turas a dhèanamh furasda nuair a b' urrainn dhaibh. Ach aon mhadainn shìn Ciorstaidh anns an t-sneachda.

"Chan urrainn dhomh a dhol ceum nas fhaide!"

"Saoil an tèid agam air do thogail?" thuirt Dàibhidh.

"Feumaidh tu mise a thogail cuideachd, a Dhàibhidh, oir tha mi gu toirt thairis," thuirt a mhàthair.

Bha boireannaich eile ag ràdh nach b' urrainn dhaibh a dhol na b' fhaide gun fhois fhaighinn. Chaidh Dàibhidh na ruith air thoiseach far an robh Gilleasbaig MacDhòmhnaill agus Mgr MacFhionnlaigh. Thill iad air ais còmhla ris nan cabhaig.

"Chan urrainn dhuinne cumail a' dol mar seo," thuirt

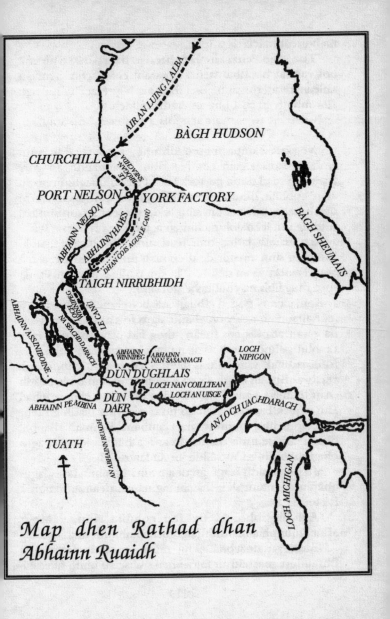

BÀGH HUDSON

AIR AN LUING À ALBA

CHURCHILL

PORT NELSON

YORK FACTORY

BÀGH SHEUMAIS

LE BÀTA SHEÒRAIS

ABHAINN NELSON

ABHAINN HAYES

DHAN COIS AGUS LE CANÙ

TAIGH NIRRIBHIDH

LOCH WINNIPEG

LE CANÙ

NA SEACHD DARACH

ABHAINN ASSINIBOINE

ABHAINN WINNIPEG

ABHAINN NAN SASANNACH

LOCH NIPIGON

DÙN DÙGHLAIS

LOCH NAN COILLTEAN

LOCH AN UISGE

ABHAINN PEMBINA

DÙN DAER

AN LOCH UACHDARACH

TUATH

AN ABHAINN RUADH

LOCH MICHIGAN

Map dhen Rathad dhan Abhainn Ruaidh

na boireannaich ris.

"Tha mo chasan reòthte," thuirt tè dhe na boireannaich. Bha càch a' gearain cuideachd, agus an sàilean air an rùsgadh. Bha fhios aig Mgr MacFhionnlaigh fìor mhath cò ris a bha an cràdh coltach.

"Chan eil an còrr air ach fois a ghabhail," dh'aontaich e.

"Nì sinn campa an-seo dhuibh, agus fàgaidh sinn sealgair Innseanach còmhla ribh. Feumaidh an còrr againn cumail oirnn gu York Factory a dh'fhaighinn biadh agus cobhair dhuibh. Fàgaidh sinn biadh agaibh a nì deich latha, ach ma tha sibh làidir gu leòr airson siubhal roimhe sin, leanaibh na lorgan againn."

Ach an ath latha, thill feadhainn dhe na dh'fhalbh. "Thàinig sinn air stòr de dh'eòin a dh'fhàg sealgairean à York Factory às an dèidh. Tha am pailteas ann agus thug sinn thugaibh na chumas a' dol sibh."

Aon uair is gun d' fhuair na boireannaich biadh gu leòr airson an neart ùrachadh, agus fois airson leigeil leis na casan aca fàs nas fheàrr, thog iad orra aon uair eile. Le bhith a' dèanamh astar na bu ghiorra gach latha, cha robh iad fad' sam bith às dèidh chàich a' ruighinn York Factory. Bha an deigh air na h-aibhnichean gun bhriseadh ceart fhathast, agus b' fheudar dhaibh mìos a chur seachad ann a York Factory. Ach an turas seo, bha biadh gu leòr ann, agus bha muinntir na Companaidh math dhaibh. Bha ceòl is seinn is dannsadh ann a h-uile oidhche, agus bha Dàibhidh is Ciorstaidh air an làn dòigh.

Mu dheireadh leagh an deigh air Abhainn Hayes, agus bha an t-àm ann slàn fhàgail aig na càirdean ann a York Factory.

"Am bi sibhse a' tighinn còmhla rinn, a Mhgr MhicFhionnlaigh?" dh'fhaighnich Dàibhidh dha.

"Bidh gu dearbh. Tha mise ag obair aig Taigh Bhrandon, seachad air far a bheil sibhse gu bhith fuireach aig a' Chomar."

"Dè tha sa Chomar?" dh'fhaighnich Ciorstaidh.

"'S e àite th' ann far a bheil grunnan aibhnichean a' coinneachadh agus a' ruith a-steach dhan Abhainn Ruaidh. Tha dùn ann, Dùn Dùghlais."

'S e àm gu math drùidhteach a bh' ann nuair a chuir iad na canùthaichean a-mach air Abhainn Hayes, agus na h-eilthirich a-nis air a' phìos mu dheireadh dhen turas gu tìr a' gheallaidh. Bha Dòmhnall Guinne anns a' chanù air thoiseach, agus thug fuaim na pìoba togail dhan cridheachan. Chuir e iongnadh air a' chloinn nuair a chunnaic iad gun robh buidheann de dh'Innseanaich a' falbh còmhla riutha.

"A bheil na h-Innseanaich càirdeil rinn?" dh'fhaighnich Dàibhidh do Mhgr MacFhionnlaigh.

"Tha a' chuid mhòr dhe na treubhan. Tha iad a' malairt rinn. Bidh iad a' sealgaireachd dhuinn, agus bidh sinne a' toirt dhaibh ghunnachan is urchair agus tombaca is sgeinean agus rudan mar sin airson nam bian aca. Tha sinn ag obair còmhla. Tha na h-Innseanaich nas càirdeile rinn na na h-Iar-thuathaich."

"Cò tha sna h-Iar-thuathaich?" dh'fhaighnich Dàibhidh. "Chuala mi luchd-malairt a' bruidhinn orra aig Dùn Churchill. Cha robh coltas gun robh iad uabhasach dèidheil orra."

"Buinidh iad do Chompanaidh Malairt an Iar-thuath, nàimhdean do Chompanaidh Bàgh Hudson. Tha mòran ag obair aca anns a bheil fuil nan Innseanach is nam Frangach measgaichte. Canaidh sinn na Bois Brulés riutha, o chionn 's gu bheil dath donn orra."

Bha Ciorstaidh caran eagalach an toiseach nuair a chunnaic i na h-Innseanaich, agus iad a' coimhead cho borb le peant air na h-aodainn aca, agus na bonaidean itean agus na sgeinean agus na criosan aca.

"Chan ith iad idir thu, a Chiorstaidh! Tha iad

uabhasach math do chloinn. Seo Peguis a' tighinn, ceannard nan Saulteaux. Tha e gu math càirdeil ris na daoine geala. Hàu! Peguis!" dh'èigh e.

"Hàu, MhicFhionnlaigh," thuirt an ceannard gu sòlaimte, a' togail a làmh a chur fàilte air.

"Seo gille a tha airson a bhith na shealgair, a Pheguis." Chuir Mgr MacFhionnlaigh Dàibhidh a-null roimhe.

"Hàu," thuirt an ceannard, a' cur a-mach a làimh.

Rug Dàibhidh air làimh air a' cheannard mhòr.

"A bheil thu math leis a' ghunna?" dh'fhaighnich Peguis.

"Thèid agam air beagan a dhèanamh," thuirt Dàibhidh. "Dh'ionnsaich Mgr MacFhionnlaigh dhomh."

"Glè mhath! Agus an nighean?" Bha e a' coimhead air Ciorstaidh. "An dèan ise mogasain?"

Chrath Ciorstaidh a ceann. Chrath an ceannard a cheann cuideachd. "Droch rud! Thèid aig a h-uile boireannach air mogasain a dhèanamh."

"Thèid aice air miotagan a dhèanamh," thuirt Dàibhidh a' sealltainn dha nam miotagan bèin a bh' air. "'S i rinn iad seo."

Chòrd seo ris a' cheannard. Bha Ciorstaidh a' coimhead le iongnadh air a' chòmhdach-chinn aige air a dhèanamh le itean.

"An toil leat?" dh'fhaighnich Peguis, agus e cho moiteil às.

"Tha e àlainn!" thuirt Ciorstaidh.

Thug Peguis a chòmhdach-cinn dheth gu sòlaimte, agus thug e ite às. Thug e do Chiorstaidh an ite, agus rinn e soidhne rithe a cur dhan bhonaid aice. Chuir Ciorstaidh a làmh na pòcaid agus thug i a-mach prìne. Chuir i an ite dhan bhonaid, agus cheangail i leis a' phrìne i.

"'S e preusant prìseil a tha sin, a Chiorstaidh, agus urram mòr," thuirt Mgr MacFhionnlaigh rithe. "A bheil rud beag sam bith agad a bheir thu do Pheguis? Is toil leis na h-Innseanaich preusant beag air choreigin fhaighinn air ais."

Chuir seo dragh air Ciorstaidh. "Chan eil dad agam ach prìne eile." Thug i a-mach às a pòcaid e. "'S e preusant caran gòrach a tha sin."

"Cha b' urrainn na b' fheàrr. Còrdaidh sin fìor mhath ri Peguis!"

Bha Ciorstaidh caran nàrach a' sìneadh a' phrìne dhan Innseanach mhòr.

"Math! Math!" Bha Peguis uabhasach toilichte leis a' phrìne, agus chuir e an sàs anns an lèine e mar bhràiste. Shìn e a-mach a làmh do Chiorstaidh. "Caraid? Thoir dhomh do làmh!"

Cha robh eagal air Ciorstaidh bhuaithe tuilleadh. "Caraid! Seo mo làmh!" thuirt i a' cur a làmh bheag fhèin ann an làmh mhòr a' cheannaird. Bha an càirdeas seo eadar i fhèin agus Peguis gu bhith gu math cudromach dhaibh uile anns na làithean a bha romhpa.

Air an treas latha fichead dhen Chèitean, thòisich na h-eilthirich air an t-slighe fhada - seachd ceud mìle le canù agus dhan cois. An toiseach bha bruaichean Abhainn Hayes ìosal agus an sruth socair, agus bha an canùthadh furasda. Ach an uair sin dh'fhàs bruaichean na h-aibhne cas, agus bha an t-uisge dubh a' ruith gu math tro chaolas cumhang. Bha na h-Innseanaich air thoiseach, agus thug e an dìol dha na h-Albannaich cumail riutha. Ghabh Peguis fhèin Ciorstaidh agus Dàibhidh fo chùram, agus sheall e dhaibh mar a stiùireadh iad an canù leis a' phleadhag. Ann an ùine ghoirid ràinig iad easan agus uisge bras. B' fheudar dha na fir na canùthaichean a thogail a-mach às an uisge, an stuth a thoirt asda, agus a h-uile rud riamh a thogail air am muin air bruach na h-aibhne, gus an do ràinig iad uisge còmhnard a-rithist. Uair an uaireadair mus rachadh a' ghrian fodha, dhèanadh iad campa air bruach na h-aibhne. Chuireadh iad suas na teantaichean, thogadh iad teintean, agus dhèanadh iad biadh. Mar bu trice 's e stiùdha a bh' aca de chearcan-tomain is geòidh, no geàrr is coineanach, agus corra uair fiadh. Nuair a bhiodh fiadh aca, bha am pailteas ann dhaibh uile.

'S ann aig na fir a-mhàin a bha na gunnachan. Thug Peguis an aire cho tric is a bha sùilean Dhàibhidh air a' ghunna aige fhèin.

"Chan eil thusa mòr gu leòr fhathast," thuirt e ri Dàibhidh. "Ach tha thu mòr gu leòr airson bogha agus saighead." Sheall e dha am bogha a bh' aige air a dhruim agus na saighdean a bha na chrios.

"Cha do dh'fheuch mi riamh urchair le bogha agus saighead," thuirt Dàibhidh.

"A bheil thu airson feuchainn?" Thug Peguis am bogha far a dhruim, agus shìn e do Dhàibhidh e.

"An seall sibh dhomh?" dh'fhaighnich Dàibhidh.

7. MURT AIG NA SEACHD DARAICH

As dèidh a bhith a' siubhal airson naoi latha fichead, ràinig muinntir Chataibh an Abhainn Ruadh mu dheireadh thall. B' e seo an dachaigh ùr aca. Bha eilthirich eile ann romhpa, agus bha iadsan air taighean fiodha a thogail dhaibh fhèin mu thràth. Bha mìltean is mìltean de phrèiridh a' sìneadh a-mach air gach taobh.

"Ach càit a bheil na beanntan?" dh'fhaighnich Ceit, gu diombach.

"Tha am fearann seo nas fheàrr na beanntan," thuirt Seumas. "Talamh math far am fàs arbhar, is feur gu leòr dha na beathaichean againn."

"Agus abhainn mhòr fharsaing, le iasg gu leòr cuideachd," thuirt Dàibhidh.

Bha an Riaghladair, Maoileas MacDhòmhnaill, agus na h-eilthirich eile a' feitheamh orra, airson fàilte a chur orra agus airson an cuideachadh gu tìr.

Thàinig fireannach far an robh Raibeart MacFhionnlaigh.

"Ciamar a tha thu fhèin, a Raibeirt?" dh'fhaighnich e.

"Uill, uill, Pàdraig Fidler. Dè tha thusa a' dèanamh an-seo?"

"Is mise a tha a' roinn an fhearainn airson nan eilthireach a tha Iarla Selkirk a' cur a-nall. Tha mi a' dèanamh glè chinnteach gu bheil a h-uile duine aca a' faighinn ceud acaire, agus cha do rinn mi obair riamh a thug barrachd toileachaidh dhomh. Bheir mi dhut làmh le do chuid."

"Cuidich a' chaileag bheag seo an toiseach. 'S math as fhiach i e," thuirt Raibeart MacFhionnlaigh. "Agus seo a bràthair. 'S e deagh shealgair a th' ann, agus deagh iasgair cuideachd. Feuch gun toir thu dha pìos math

116

talaimh ri taobh na h-aibhne."

"Nì mi mo dhìcheall," thuirt Pàdraig Fidler le gàire.

"Agus seo Seumas Moireach agus a bhean. Tha Mgr
Fidler ag obair aig Companaidh Bàgh Hudson."

Rug iad uile air làimh air a chèile.

"A bheil thu eòlach air obair fearainn, a Mhgr
Mhoirich?"

"Tha gu dearbh. Bha croit agam ann an Alba."

"'S e deagh àite tha seo ma tha," thuirt Pàdraig Fidler.

Chuir Maoileas MacDhòmhnaill fàilte chridheil air na
h-eilthirich ùra. Fhuair iad uile biadh agus deoch. An
uairsin thug an Riaghladair musgaid agus urchair dha na
fir air fad.

"Feumaidh sibh an dachaigh ùr agaibh a dhìon gu
dìcheallach," thuirt Mgr MacDhòmhnaill ris na
h-eilthirich. "Tha droch nàmhaid againn - na h-Iar-
thuathaich. Feumaidh sibh cuideachd a bhith a' sealg
airson biadh. Cumaidh na h-Innseanaich feòil buabhail
agus peamagan rinn, ach 's dòcha nach bi gu leòr ann."

Nuair a chunnaic an Riaghladair Dàibhidh anns an
t-sreath còmhla ris na fir a' feitheamh ri musgaid, thuirt
e, "Chan eil annadsa ach am balach!"

"'S e tha math leis a' ghunna, ge-ta, an dearbh bhalach!"
thuirt Raibeart MacFhionnlaigh.

"Agus deagh shealgair cuideachd," arsa Peguis.

"Feumaidh sinn a h-uile duine a gheibh sinn an aghaidh
nan Iar-thuathach," thuirt Pàdraig Fidler.

"Seo ma tha, siud gunna dhut, a bhalaich. Feuch gun
dèan thu deagh fheum dheth, agus gun cum thu glan e,"
thuirt an Riaghladair.

Bha Dàibhidh air a dhòigh.

An uairsin thug an Riaghladair each Innseanach, poca
de shìol buntàta, agus cruithneachd is eòrna is sìol snèip
dhan h-uile teaghlach.

"A-nis, seallaidh Mgr Fidler dhuibh am fearann agaibh.

Tha h-uile teaghlach a' faighinn tuathanas ri taobh na h-aibhne. Tha an t-iasgach saor agus an asgaidh."

"Feumaidh sinn bàta a thogail," thuirt Dàibhidh ri athair.

"An taigh is am fearann an toiseach, a bhalaich," thuirt athair ris.

"Tha mi duilich, ach cha do ràinig na h-innealan fhathast - na cruinn is na cliathan," thuirt an Riaghladair. "Ach thig iad, agus tha tobhaichean is spaidean ann a chumas a' dol sibh an-dràsda."

An oidhche sin bha cèilidh mòr aig na Gaidheil. Bha iad a' dannsadh agus a' seinn, agus bha Dòmhnall Guinne a' cluich na pìoba. Bha Dàibhidh na shuidhe ri taobh Mhgr Fidler, agus chuir e ceist air a bha a' cur dragh air fad an latha.

"A Mhgr Fidler, carson a tha sinn a' sabaid ris na h-Iar-thuathaich?"

"Uill, a bhalaich, tha strì air a bhith eadar Companaidh Bàgh Hudson agus Companaidh an Iar-thuath airson ùine mhòr a-nis. Tha an dà chompanaidh às dèidh an aon rud - bian agus feòil nam buabhal."

"Feòil nam buabhal?"

"Seadh, a bhalaich. Chan eil dad eile anns an dùthaich seo cho cudromach ri biadh. Agus 's e feòil a' bhuabhail a tha a' cumail biadh rinn fad a' gheamhraidh. Seo far a bheil iad a' feurach, agus tha eagal air na h-Iar-thuathaich gun ruaig na h-eilthirich na buabhail air falbh nuair a thòisicheas iad air tuathanas."

"Ach nach biodh e na b' fheàrr nam biodh crodh air an fhearann?" dh'fhaighnich Dàibhidh.

"Tha thu ceart an-sin, a bhalaich. Ach bheir e greis mus bi crodh gu leòr ann, agus feumaidh sibh feòil a chumas beò sibh gus an tig an crodh air adhart. Chan eil biadh gu leòr an-seo dha na h-eilthirich agus dha na h-Iar-thuathaich, agus tha an aimhreit air tòiseachadh mu

118

thràth."

"Saoilidh mise, a Mhgr Fidler, gu bheil sinne air tighinn an-seo an teis-meadhan cogaidh," thuirt Seumas Moireach nuair a chuala e dè bha Mgr Fidler ag innse do Dhàibhidh.

"Tha, dhuine! Tha sibh a-nis a' faicinn carson a bha an Riaghladair deònach gu leòr gunna a thoirt do Dhàibhidh."

An ath latha, dh'fhàg na Gaidheil slàn le Raibeart MacFhionnlaigh. Bha e a' falbh gu ruige Taigh Bhrandon, àite eile a bhuineadh do Chompanaidh Bàgh Hudson.

An uairsin thòisich iad anns a' bhad air togail nan dachaighean ùra aca. Leag iad craobhan airson taighean fiodha a dhèanamh. Bha na fir ag obair còmhla, a' cuideachadh a chèile. Bha na boireannaich trang leis na tuaghan 's na spaidean, a' cladhach an talaimh agus a' cur buntàta. Bha Ciorstaidh a' cuideachadh a màthar, agus nuair nach robh Dàibhidh còmhla ri athair a' togail nan taighean, bha e còmhla riutha a' cladhach agus a' cur. Nuair a gheibheadh e an cothrom, bha e ag iasgach anns an abhainn a bha ri taobh an fhearainn aca. 'S e beatha chruaidh a bh' ann ach bha iad uile toilichte.

"Tha seo nas fheàrr na Glaschu!" thuirt Seumas. "Tha cosnadh an-seo dhan a h-uile duine!"

Bha pìos talaimh aig Ciorstaidh dhi fhèin far an robh i a' dèanamh gàrradh. Chuir i ròsan agus crom-lusan ann agus dìtheanan eile a bha a' fàs air a' phrèiridh. "Bha mi riamh ag iarraidh gàrradh," thuirt i, "agus tha Mgr Fidler ag ràdh gun toir e dhomh sìol a fhuair e fhèin à Sasann - labhandar agus dìtheanan pinc."

"Tha mise an-seo a' dèanamh dachaigh a-rithist," bha Ceit ag ràdh le toileachas, agus i fhèin agus Seumas a' dèanamh pìosan àirneis dhan taigh len làmhan fhèin.

Mus tàinig an geamhradh, bha muinntir Chataibh glè chofhurtail anns na taighean fiodha aca. Bha am bàrr air fàs gu math, gu h-àraid am buntàta agus an snèap. Ach

bha na h-Iar-thuathaich a' deasachadh airson tuilleadh
aimhreit a dhèanamh. Dh'iarr Donnchadh Camshron,
ceannard nan Iar-thuathach, air na h-Innseanaich tighinn
còmhla riutha an aghaidh nan eilthireach, ach dhiùlt
Peguis.

"Tha càirdean agamsa nan lùib," thuirt e ris a'
Chamshronach.

Aon latha anns an Ogmhìos, agus Seumas Moireach
air falbh on taigh a' cuideachadh nàbaidh a' leagail
chraobhan, thàinig buidheann dhe na Bois Brulés gu
fearann nam Moireach, agus thug iad leotha a' bhò a
bha air teadhair faisg air an taigh. 'S e a' bhò an rud a
bu phrìseile a bh' aig an teaghlach aig an àm. Nuair a
chunnaic Dàibhidh dè bh' air tachairt, ghabh e an dearg
chaoch.

"Chan fhaigh iad seo leotha idir!"

Rug e air dìollaid agus srian, agus dh'fhalbh e na ruith
a dh'iarraidh an eich. Chaidh Ciorstaidh ga
chuideachadh, agus nuair a leum Dàibhidh air muin an
eich, siud Ciorstaidh suas air a chùlaibh.

"Theirig sìos far an eich, a Chiorstaidh! Tha mise a'
dol às dèidh na bà. 'S e droch dhaoine a th' annta, agus
's dòcha gum bi iad a' losgadh orm."

"Cha bhi iad cho deònach losgadh nuair a chì iad gu
bheil nighean còmhla riut air muin an eich," thuirt
Ciorstaidh, a' leigeil oirre gun robh i cho treun.

"Theirig sìos anns a' mhionaid," thuirt Dàibhidh.

"Cha tèid! Agus mura bheil thusa airson a' bhò a
chall, 's fheàrr dhut greasad ort."

Bha na mèirlich ri dhol seachad air campa nan
Innseanach gus faighinn chun a' champa aca fhèin. Sheas
Peguis gan coimhead a' dol seachad. Ach nuair a
chunnaic e Dàibhidh agus Ciorstaidh nan deann às an
dèidh, cha robh e fada a' gluasad.

"Thoir thugam an t-each!" dh'èigh e ri mhac.

Rug Dàibhidh agus Ciorstaidh air na mèirlich dìreach nuair a bha iad a' tionndadh a-steach dhan champa aca.

"Hoigh," dh'èigh Dàibhidh. "Thoir dhuinn a' bhò a tha sin!"

"Dè bhò?" thuirt fear dhiubh, a' magadh nuair a chunnaic e nach robh aige ach dithis chloinne.

"A' bhò sin thall!" thuirt Ciorstaidh. "Sin Ròsaidh, a' bhò againne!"

"Ciamar a dhearbhas tu gur i a' bhò agaibhse a th' ann?" thuirt an ceannard, agus e a' gàireachdainn.

"'S i th' ann, ge-ta!" thuirt Ciorstaidh.

"Uill, chan ann leibh a tha i a-nis!"

"Tha mise a' smaoineachadh gum bu chòir dhuinn an cumail an-seo," thuirt fear dhe na Bois Brulés. "Bhiodh an t-each feumail, agus bheir na h-eilthirich airgead dhuinn airson a' chlann fhaighinn air ais."

"Leig às mi, leig às mi!" bha Ciorstaidh ag èigheach agus a' breabadh an fhir a thàinig gus a togail far an eich.

"Na boin dhan nighinn!" thàinig guth làidir on cùlaibh. 'S e Peguis a bh' ann air muin eich, agus a mhac air fear eile ri thaobh. Bha boghaichean agus saighdean annta deiseil aca.

"A' chiad duine a chuireas làmh air an nighinn, gheibh e an t-saighead seo tro chridhe!"

Bha fios glè mhath aig na Bois Brulés gun dèanadh Peguis mar a thubhairt e.

Ghabh fear is fear aca ceum air ais on chloinn.

"Thoiribh leibh a' bhò," thuirt e ri Dàibhidh is Ciorstaidh.

"A bheil sibh a' dol a thoirt feart air Innseanaich?" dh'fhaighnich ceannard nan Iar-thuathach. "Chan eil ann ach dithis aca."

Cha do ghluais na h-Innseanaich. Bha na saighdean fhathast nan làmhan.

"Chan e dithis a tha nur n-aghaidh idir!" thuirt Peguis ris. "Ma mharbhas sibh sinne, thig tuilleadh. Thig iad air an socair air an oidhche. Cha chluinn sibh càil gus am fairich sibh na sgeinean aig ur sgòrnain. An fhiach aon bhò agus dà Innseanach an dragh sin?"

"Tha e ceart! Leig leis a' chloinn falbh, a Phierre," dh'iarr na Bois Brulés air a' cheannard aca.

Thuig Pierre gun robh a dhaoine fhèin na aghaidh. Fhad 's a bha iad a' trod, ghabh Dàibhidh an cothrom agus thàinig e air adhart. Rug Ciorstaidh air an ròp a bha mu amhaich Ròsaidh, agus a-mach a ghabh iad a' slaodadh Ròsaidh às an dèidh.

Sheas Peguis eadar iad agus na Bois Brulés.

"A' chiad fhear a thèid às an dèidh, gheibh e an t-saighead seo na sgòrnan!" thuirt Peguis, agus e na shuidhe gun ghluasad. Agus dh'fhuirich e mar sin gus an deach Ciorstaidh agus Dàibhidh às an t-sealladh.

Choimhead e air na mèirlich le tàire: "Cha robh fios agam gum biodh fir a' sabaid ri caileag!"

Thionndaidh e a chùlaibh orra, agus chaidh e fhèin agus a mhac air ais dhan champa aca fhèin.

Ach cha do chuir seo crìoch air an aimhreit eadar muinntir Chataibh agus na h-Iar-thuathaich. Bha cùisean a' sìor fhàs nas miosa.

"Cha stad iad," thuirt fear dhe na seann daoine, "gus an cuir iad às dhuinn air fad - gach fear is bean is pàisde. Tha e cheart cho math dhuinn am fearann fhàgail aca."

Chuir seo uabhas air na h-eilthirich - cha robh iad airson an dachaigh ùr aca fhàgail. Bha duilgheadas gu leòr aca faighinn ann.

Thàinig an uair sin naidheachd gun robh fichead saighdear air an rathad thuca. Agus a bharrachd air a sin bha Iarla Selkirk e fhèin a' tighinn, agus ceithir fichead 's a deich eilthireach eile còmhla ris. Dh'fhàg na h-Iar-thuathaich aiḡ fois iad airson greis.

Bha deagh fhoghar ann a' bhliadhna sin, le pailteas de choirce, de chruithneachd, de dh'eòrna agus de bhuntàta. Bha cruachan feòir gu leòr ann cuideachd. Thàinig tuilleadh eilthireach a bh' air am fuadach à Cill Donnain, agus Pàdraig Fidler gan treòrachadh. Thug e leis cuideachd crodh agus mucan anns na canùthaichean! Agus thàinig Riaghladair ùr còmhla riutha - Raibeart Semple.

Fhuair iad mòran bhuabhal air a' phrèiridh, agus ghlac iad mòran èisg anns an abhainn, agus thiormaich iad e. Bha biadh gu leòr ann a chumadh riutha fad a' gheamhraidh.

Air a' cheathramh latha dhen t-Samhain bha cuirm mhòr aca. Bha seann ghunna mòr aca agus, le mòran gàireachdainn, leig iad urchair às fhad 's a bha iad a' cur suas bratach ùr. Dh'òl iad uile deoch-slàinte a chèile: bha ceòl agus dannsadh ann, agus bha a' phìob aig Dòmhnall Guinne a' dol gu madainn.

Chaidh an geamhradh seachad gu sìtheil, a' coimhead às dèidh a' chruidh agus nan caorach. Bha na h-eilthirich a' cèilidh air a chèile, a' gabhail òran agus ag innse sgeulachdan, a' cur seachad oidhcheannan fada a' gheamhraidh. Bha eadhon dhà no trì bhainnsean ann. Bha coltas gun robh a h-uile càil gu dòigheil mu dheireadh thall do dh'eilthirich na h-Aibhne Ruaidh. Ach cha robh na h-Iar-thuathaich idir cho dòigheil. Bha gràin uabhasach aca air Companaidh Bàgh Hudson, agus orrasan a bha air an dachaigh a dhèanamh ann an Gleann na h-Aibhne Ruaidh. Cha robh na h-Iar-thuathaich ceannsaichte fhathast.

As t-earrach, chruinnich na h-Iar-thuathaich arm. Dh'iarr iad air na h-Innseanaich tighinn a shabaid còmhla riutha, agus dhiùlt Peguis. Air an t-seachdamh latha deug dhen Ogmhìos 1816, thàinig e far an robh an Riaghladair Semple.

"A Cheannaird Semple, tha droch naidheachd agam dhuibh. Tha na h-Iar-thuathaich a' tighinn a chogadh nur n-aghaidh. Thàinig iad far an robh sinne agus thuirt iad, 'Tha na h-eilthirich a' cur às dha na buabhail. Bidh na h-Innseanaich bochd agus acrach. Cuiridh sinne ruaig air na h-eilthirich ma bheir iad an aghaidh oirnn. Bidh an talamh dearg le fuil. Cha bhi duine air fhàgail beò.' Dh'iarr iad air na h-Innseanaich òga tighinn a shabaid còmhla riutha."

Chuir seo uabhas air Mgr Semple. "Agus dè thuirt na h-Innseanaich riutha, a Pheguis?"

"Chan eil sinne a' dol a shabaid an aghaidh ar càirdean," thuirt an Ceannard gu daingeann.

Rug e fhèin agus Mgr Semple air làimh air a chèile. "Tha earbsa agam annad, a Pheguis. A bheil fios agad cia mheud duine a th' aca?" dh'fhaighnich Semple.

"Tha mi a' togail mo làmhan seachd tursan," thuirt Peguis, a' sealltainn a chorragan.

"Trì fichead 's a deich! 'S e mòran dhaoine tha sin, a Pheguis."

"Cus dhroch dhaoine airson muinntir na h-Aibhne Ruaidh sabaid riutha," thuirt Peguis. "Tha iad air iad fhèin a dhèanamh suas coltach ri Innseanaich, ach chan eil neach dhe na daoine agamsa nam measg, a Mhgr Semple."

"Tha mi ga do chreidsinn," thuirt an Riaghladair. "Tapadh leat airson tighinn thugam leis an naidheachd seo." Rug iad air làimh air a chèile a-rithist.

"Cum faire, a Mhgr Semple. Tha na fir òga agamsa ag ràdh gun tig na Bois Brulés an ceann dà latha."

Air an rathad air falbh, chaidh Peguis seachad air tuathanas nam Moireach. Dh'èigh e air Dàibhidh a bha ag obair anns an achadh. "Tha deagh fhradharc agad, nach eil? Chì thu fada air falbh?"

"Uill, chì. Carson a tha sibh a' faighneachd, a Pheguis?"

124

"Tha na h-Iar-thuathaich a' tighinn a dh'aithghearr. Thalla thusa agus can ri Riaghladair Semple gun tubhairt mise gum bu chòir dhut faire a chumail o mhullach an Dùin."

Nuair a chuala an Riaghladair seo, dh'iarr e air Dàibhidh a dhol gu Dùn Dùghlais anns a' mhionaid, agus sùil gheur a chumail a-mach. "Seo, thoir leat a' phrosbaig agam fhèin."

"Am faod Ciorstaidh a dhol còmhla rium?" dh'fhaighnich Dàibhidh. "Tha sùilean biorach aice."

"Faodaidh. Chì dithis barrachd air aon duine," thuirt Mgr Semple.

Thàinig na boireannaich agus a' chlann gu Dùn Dùghlais airson gum biodh iad sàbhailte. Dh'fhuirich na fir air na tuathanais a' coimhead às dèidh nam beathaichean.

Chaidh latha seachad, agus cha do thachair càil. Air an oidhche chaidh an athair an àite Dhàibhidh is Ciorstaidh. Cha robh fuaim ri chluinntinn ach fuaim na gaoithe a' sèideadh tro fheur a' phrèiridh. An uair sin thàinig an latha a bha Peguis a' smaoineachadh a thigeadh na h-Iar-thuathaich. Fad uairean a thìde, bha a h-uile càil cho sàmhach. Chaidh cuid dhe na fir air ais a choimhead às dèidh nam beathaichean anns na h-achaidhean ri bruach na h-aibhne. Bha Ciorstaidh is Dàibhidh fhathast air faire.

"Dè an sgòth bheag dust tha siud fad' air falbh, a Dhàibhidh?" dh'fhaighnich Ciorstaidh gu cabhagach.

Thug Dàibhidh a' phrosbaig bhuaipe. "Tha iad a' tighinn!" dh'èigh e. "Tha marcaichean a' tighinn an taobh seo! Feumaidh mi innse do Mhgr Semple anns a' mhionaid!"

Leum e sìos an staidhre far an robh an Riaghladair. "Tha na h-Iar-thuathaich a' tighinn. Tha iad mu thrì mìle air falbh. Tha tòrr dhiubh ann!"

"Till suas far an robh thu agus innis dhuinn a h-uile rud a chì thu."

Dh'fhalbh e dh'fhaicinn an robh a h-uile càil gu dòigheil.

An taobh a-staigh an dùin, bha eagal is uabhas. Bha màthraichean le clann a' rànaich; bha na fir ag èigheach ri chèile càit an seasadh iad. Thug iad a-mach an gunna mòr. Bha Mgr Semple a' cumail chùisean rianail. Dh'èigh Dàibhidh dha sìos on uinneig:

"A Mhgr Semple! Tha eilthirich fhathast a' coimhead ris na beathaichean anns na h-achaidhean. Sin an rathad a tha na h-Iar-thuathaich a' gabhail. Bidh na h-eilthirich air an gearradh dheth mus ruig iad an dùn."

"Feumaidh sinn a dhol a-mach a choinneachadh ar nàimhdean," thuirt an Riaghladair. "Tha mi ag iarraidh aon fhear às a h-uile teaghlach a thighinn còmhla rium."

Anns an spot, roghnaich àireamh de dhaoine a dhol còmhla ris, Seumas Moireach nam measg.

Mar a bha an Riaghladair Semple agus a' bhuidheann threun aige fhèin a' tighinn air adhart, bha an nàmhaid a' cruinneachadh aig preas de chraobhan daraich ris an canadh iad Na Seachd Daraich. Stad Semple letheach slighe. "Tha barrachd Iar-thuathach an-seo na bha mi an dùil," thuirt e. "Iain Bourke, thalla thusa air ais, agus faigh an gunna mòr agus fichead duine eile. Feuchaidh sinne ri rian a chur air a' ghnothach seo gu sìtheil."

Ràinig iad am preas far an robh na h-Iar-thuathaich air cruinneachadh. Chitheadh iad gun robh iad air am peantadh coltach ri Innseanaich. Thàinig Iar-thuathach ris an canadh iad Boucher nan coinneamh.

"Dè tha sibh ag iarraidh?" dh'fhaighnich e gu mì-mhodhail dhan Riaghladair.

"Dè tha sibh fhèin ag iarraidh? Seo am fearann againne," dh'èigh Mgr Semple air ais.

"Mhill sibhse Dùn Gibralter oirnne," thuirt an t-Iar-thuathach ris. "'S e blaigeard a th' annad!" thuirt e ris an Riaghladair.

"A bheil thusa a' gabhail blaigeard ormsa?" dh'fhaighnich Mgr Semple dha, agus e a' faighinn greim air srian Bhoucher le aon làimh, agus an gunna aige leis an làimh eile. Leum Boucher sìos far an eich, agus rinn e air Mgr Semple a bhualadh. Aig an dearbh mhionaid, chlisg fear dhen bhuidhinn aig Semple agus leig e urchair. Thòisich an-sin an taobh eile a' losgadh. Bha an dà thaobh a' gabhail dha chèile leis na peilearan cho luath 's a bh' aca.

Bha Dàibhidh is Ciorstaidh is Ceit ann am buidheann bheag a bha a' coimhead dè bha a' tachairt on tùr aig Dùn Dùghlais.

"O!" arsa Ciorstaidh. "Tha iad a' marbhadh nam fear againn."

"Tha Mgr Semple air a bhualadh!" dh'èigh Dàibhidh. "Chan eil e marbh ge-ta. Tha e ag èirigh air uilinn."

"Tha m' athair air tuiteam!" thuirt Ciorstaidh, agus i air a h-uabhasachadh. "Tha e na shìneadh air an talamh!"

Chuir Dàibhidh a' phrosbaig air athair.

"Cha - chan eil e marbh idir, a Chiorstaidh. Chunnaic mi e a' togail a làmh an-dràsda. Tha e air mhàgaran agus a' dèanamh air an abhainn. O, tha feadhainn air tighinn eadarainn 's chan eil mi ga fhaicinn tuilleadh!"

Chunnaic Dàibhidh an uairsin uabhas eile. "Tha na h-Iar-thuathaich a-nis a' tighinn orra nan ruith, a' leigeil urchair air gach taobh. Tha duine na sheasamh os cionn Mhgr Semple agus gunna na làimh. Tha e air urchair a chur na uchd 's e na shìneadh leònte. Chan eil annta ach na murtairean!"

"Càit a bheil ur n-athair? A bheil sibh ga fhaicinn fhathast?" dh'èigh Ceit gu h-eagalach.

"Chan eil mi ga fhaicinn idir. Tha na h-uimhir de chuirp nan laighe air an talamh. O, tha iad a' marbhadh

nan leòntach le sgeinean is dagachan! Chan eil iad a'
leigeil duine air falbh!"

"O, Athair! Athair!" Bha Ciorstaidh a' rànaich.

"A Sheumais! A Sheumais!" thuirt Ceit, agus chaidh i
na laigse. Chaidh Ciorstaidh ga cuideachadh.

Dìreach leis a sin thàinig èigh gu h-ìosal. "Tha Bourke
a' toirt a-mach a' ghunna mhòir. Seasaidh gach fear
agaibh gus na geataichean a dhìon." Rug Dàibhidh air a
ghunna fhèin agus ruith e chun a' bhalla. Thòisich

128

Bourke ris a' ghunna mhòr a losgadh air an nàmhaid. Cha robh an urchair a' dol fada gu leòr, ach nuair a chuala iad fuaim a' ghunna mhòir, thug e air na h-Iar-thuathaich stad a mharbhadh nan leòntach. Thàrr sianar fhear às a' bhlàr, agus thàinig iad nan ruith a dh'ionnsaigh an dùin, sianar a-mhàin dhen ochd air fhichead a bh' air a dhol a-mach còmhla ri Mgr Semple. Cha robh Seumas Moireach air fear dhiubh.

8. TIR A' GHEALLAIDH

Cha do thill an nàmhaid a-rithist mar a bha dùil.

Fad na h-oidhche sin, bha na fir ann an Dùn Dùghlais a' feitheamh ris an ath ionnsaigh bhuapa. Mu mheadhan-oidhche, chuala am fear-faire guth ìosal a' tighinn às na craobhan air an taobh dhen dùn a b' fhaide air falbh o na h-Iar-thuathaich.

"Hoigh! Tha Peguis airson bruidhinn ribh. Fosglaibh an geata dha."

"Chan fhosgail sinn na geataichean againn idir. Dè fios a th' againn gura tu Peguis?"

"Tha naidheachd agam dhuibh. Thig mi nas fhaisge air a' bhalla."

"'S dòcha gur e innleachd tha seo airson cothrom a thoirt dha na h-Iar-thuathaich."

Bha Dàibhidh air faire cuideachd. "Ma 's e Peguis a th' ann, 's fheàrr dhuinn èisdeachd ris. Bha e na charaid dhuinn riamh," thuirt Dàibhidh.

'S e an Siorram MacDhòmhnaill a bha na cheannard air na h-eilthirich a-nis on a mharbhadh an Riaghladair Semple. Dh'aontaich esan a dhol chun a' gheata a bhruidhinn ri Peguis. Chaidh Dàibhidh còmhla ris.

"Lorg sinn duine air a dhroch leòn na shìneadh anns an luachair ri taobh na h-aibhne. Tha na sùilean aige dùinte, agus chan urrainn dha bruidhinn, ach tha an anail ann," thuirt Peguis. "Ma dh'fhosglas sibh an geata nuair a dh'èigheas sinn ribh, bheir sinn a-steach dhan dùn e."

"Ciamar a tha fios againn nach e innleachd tha seo airson toirt oirnn an geata fhosgladh?"

"'S e Peguis a tha a' bruidhinn. Cha bhi Peguis ag innse bhreugan," thuirt an duine uasal seo.

"'S e Peguis a th' ann. Tha mi cinnteach às," thuirt Dàibhidh. "Thèid mise a-mach. Cuiribh fàradh ris a' bhalla, agus cha leig sibh a leas an uairsin an geata fhosgladh."

"Tha mi a' dol a leum, a Pheguis," thuirt Dàibhidh ris.

Rug Peguis air gu cùramach mus do ràinig e an talamh, agus dh'iarr e air a bhith sàmhach, oir cha robh na h-Iar-thuathaich fad air falbh.

"Lean sinne," thuirt Peguis.

Lean Dàibhidh na h-Innseanaich air a mhàgaran gu bruach na h-aibhne far an robh an duine leònte na shìneadh. "Athair," thuirt Dàibhidh air a shocair.

'S e Seumas Moireach a bh' ann gun teagamh sam bith! An toiseach, bha dùil aig Dàibhidh gun robh e marbh, agus a-rithist thuirt e air a shocair, "Athair! Athair!"

Dh'fhosgail Seumas Moireach a shùilean.

"Athair, 's e Dàibhidh a th' ann. Tha mi còmhla ri Peguis. Tha sibh air mòran fala a chall. Tha sinn a' dol gur togail air ais dhan dùn."

Chuir fear dhe na h-Innseanaich Seumas Moireach tarsainn air a ghualainn, agus thill iad gu sàmhach dhan dùn.

Nuair a chuala an fheadhainn a bha anns an dùn an guth aig Dàibhidh, dh'fhosgail iad an geata, agus gun fhacal a ràdh, ghiùlain na h-Innseanaich Seumas Moireach a-steach, agus chuir iad sìos air an talamh e. Agus, mar fhaileasan, chaidh iad às an t-sealladh an lùib dorchadas na h-oidhche.

Fhad 's a bha càch a' cur Sheumais Mhoirich gu cùramach air sìneadair, chaidh Dàibhidh dhan tùr a lorg a mhàthar.

"A Mhàthair, a Mhàthair, chan eil m' athair marbh idir. Tha e air a dhroch leòn, ach thug Peguis air ais e."

Cha mhòr gum b' urrainn do Cheit bruidhinn an

toiseach, ach ann am mionaid no dhà, thàinig i thuice fhèin, agus chaidh i fhèin agus Ciorstaidh nan ruith sìos an staidhre. Chuir an dotair air dòigh an lot aig Seumas, agus thubhairt e le aire agus fois gum biodh e ceart gu leòr ann am beagan làithean.

Bha nàire air Ceannard nan Iar-thuathach, Cuthbert Grannd, mar a mharbh na daoine aige na leòntaich, agus iad nan sìneadh air a' bhlàr. Bha fios aige cuideachd, nam marbhadh e na mnathan agus a' chlann ann an Dùn Dùghlais, gun tigeadh Companaidh Bàgh Hudson gu math trom air. Bhiodh e na b' fheàrr nam fàgadh na h-eilthirich an dùn len toil fhèin. Bha aon phrìosanach aig na h-Iar-thuathaich - Iain Pritchard. Chuir an Granndach ga iarraidh. Ged a bha nàire air a' Ghranndach seo a dhèanamh, thuirt e ri Pritchard a dhol air ais dhan dùn, agus innse do MhacDhòmhnaill nan gèilleadh iad dha, gun leigeadh e na h-eilthirich air falbh beò às an dùn, agus gun dèanadh e cinnteach gum faigheadh iad seachad air na Bois Brulés gu sàbhailte.

"Ach can ris gum feum sibh am fearann fhàgail gu buileach."

Bha an caoch air MacDhòmhnaill nuair a chuala e seo - gun cailleadh iad an dachaighean agus am fearann, agus an toiseach bha e airson diùltadh.

Ach thuirt Iain Pritchard, "Nach biodh e na b' fheàrr dhuinne gèilleadh an-dràsda leis a' ghealladh gum faigh sinn às beò. Gheibh sinne cothrom eile fhathast. Tha Iarla Selkirk e fhèin air an rathad an-seo le cuideachadh dhuinn."

"Glè mhath. Faodaidh tu innse dhan Ghranndach gun gèill sinn dha," dh'aontaich an Siorram le cridhe trom.

'S e sealladh duilich a bh' ann a bhith a' faicinn nan eilthireach a' tilleadh gu slaodach dha na canùthaichean aca air bruach na h-aibhne. Chan fhaodadh iad càil a thoirt leotha ach an t-aodach anns an robh iad nan seasamh, na plangaidean aca, agus biadh airson an turais. Eadhon fhad 's a bha iad ag iomradh air falbh, chitheadh na h-eilthirich an ceò ag èirigh às na dachaighean aca, a bha na h-Iar-thuathaich a' cur nan teine. 'S ann gu h-eagalach, duilich a bha na h-eilthirich a' fàgail Gleann na h-Aibhne Ruaidh. Cha robh càil air fhàgail dhiubh anns an fhearann seo a-nis ach cuirp nam fear treuna a bha nan sìneadh air an talamh ri taobh nan craobhan daraich.

Ann an dorchadas na h-oidhche, nuair a dh'fhalbh na h-Iar-thuathaich, chaidh Peguis agus na h-Innseanaich aige a thiodhlacadh nan daoine a b' àbhaist a bhith nan càirdean aca.

Nuair a ràinig iad Abhainn Jack, cha robh dòchas air fhàgail aig na h-eilthirich.

"Tha e cheart cho math dhuinn tilleadh a dh'Alba." Sin a' bheachd a bh' aig a' mhòr-chuid aca. "Iarraidh sinn air Companaidh Bàgh Hudson bàta a chur gar n-iarraidh a bheir dhachaigh sinn."

Ach chuir Seumas Moireach an aghaidh seo, rud a chuir iongnadh air fhèin.

"Chan eil càil ann an Alba dhuinne a-nis! Togaidh sinn dachaighean fhathast anns an dùthaich ùir seo ma tha misneachd gu leòr againn."

"Dè am feum taighean a thogail ma tha na h-Iar-thuathaich gu bhith gan losgadh mar tha sinne gan cur suas?" dh'fhaighnich aon fhear.

Chuir e iongnadh air Ceit fhèin nuair a chuala i i fhèin ag aontachadh ri Seumas. "Nach do loisg iad na taighean agaibh an Alba?" dh'fhaighnich i. "Cò chanas nach tachair e an-sin a-rithist?"

Bha i coltach ri tè aig an robh an dà shealladh nuair a thubhairt i, "Tha mise ag innse dhuibh gur e tìr a' gheallaidh a bhios anns an dùthaich seo dhuinn uile fhathast, dùthaich a' sruthadh le bainne is mil."

Dh'aontaich iad bothain bheaga a thogail, agus an geamhradh a chur seachad ri taobh Abhainn Jack - an geamhradh a bu mhiosa chuir iad seachad riamh. Bha iad gann de bhiadh is de dh'aodach. B' fheudar dhaibh iasg a ghlacadh tro thuill anns an deigh. An-dràsda 's a-rithist, bha iad a' faighinn feòil pheamagan agus rus on Chompanaidh. Ach nuair a thàinig an t-Earrach, thog an cridhe a-rithist. Am meadhan a' Mhàirt, thàinig fear on Chompanaidh le fìor dheagh naidheachd.

"Tha Maoileas MacDhòmhnaill agus companaidh de shaighdearan air Dùn Dùghlais a thoirt air ais bho na h-Iar-thuathaich. Faodaidh sibh tilleadh anns an spot!"

"Ach an tig na h-Iar-thuathaich nar n-aghaidh a-rithist?" dh'fhaighnich cuideigin.

"Ma thig, chan e an fhàilte 's fheàrr a bhios a' feitheamh orra! Tha Iarla Selkirk a' tighinn le companaidh de shaighdearan a bha a' sabaid thall thairis mu thràth. Tha iad a' faighinn fearann ri taobh na h-Aibhne Ruaidh cuideachd airson ar dìon. Uill, a chàirdean, dè tha sibh a' dol a dhèanamh - a' dol a dh'iarraidh bàta no a' dol air ais a Ghleann na h-Aibhne Ruaidh?" dh'fhaighnich fear na Companaidh dhaibh.

"A' dol air ais! A' dol air ais dhan Ghleann agus dha na tuathanais!" dh'aontaich a' chuid mhòr aca.

"Dè nì sinne, a Cheit?" dh'fhaighnich Seumas.

Cha do stad i mionaid mus tuirt i, "Tha sinn air tighinn cho fada air an turas seo, a Sheumais, 's gu bheil e cho fada a dhol air ais is a tha e a dhol air adhart. Tillidh sinn, a Sheumais, agus nì sinn ar dachaigh a-rithist ri taobh na h-Aibhne Ruaidh. Dè mud dheidhinn-sa, a Chiorstaidh?"

"Chòrdadh e riumsa dìtheanan fhaicinn a' fàs anns a' ghàrradh agam."

"Agus thusa, a Dhàibhidh?"

"'S e àite math a th' anns an Abhainn Ruaidh airson iasgach, agus - agus bu toigh leam Peguis fhaicinn a-rithist."

Ged a bha an deigh fhathast air na h-aibhnichean, thill na h-eilthirich air ais. Cho luath is a bha an reothadh air falbh, thòisich iad ri cladhach is ri cur buntàta agus eòrna agus cruithneachd. Cha robh mòran bìdh aca, ach bha Peguis agus na h-Innseanaich aige a' sealg dhaibh, agus a' cumail feòil riutha.

Bha na saighdearan ag obair còmhla ris na h-eilthirich, agus thog iad dachaighean dhaibh fhèin. Bha fios aig na h-Iar-thuathaich nach robh dòigh a chuireadh iad na h-eilthirich a-mach a-rithist, agus leig iad fois leotha, mura goideadh iad mart corra uair.

Air an ochdamh latha deug dhen Ogmhìos, 1817, thàinig Iarla Selkirk a thadhal air na h-eilthirich ann an Gleann na h-Aibhne Ruaidh. Bha cuirm mhòr aca ann an Dùn Dùghlais aig an robh Innseanaich mar na Cree, na Saulteaux agus na Assiniboine, agus Peguis còmhla riutha. Thòisich "pàu-àu" mòr.

"Thàinig sinn an-seo ann an sìth gus a bhith mar chàirdean is mar nàbaidhean dhuibh," dh'innis an t-Iarla dha na h-Innseanaich. "Tha mi a' toirt taing dhuibh airson na taic agus a' chuideachaidh a thug sibh dha na h-eilthirich. Gu h-àraid, tha mi a' toirt taing do Pheguis, Ceannard nan Saulteaux. Bidh sinn gu bràth na chomain."

Thòisich a h-uile duine ri èigheach agus ri bualadh am boisean.

Dh'èirich an seann cheannard gu làn-àirde, agus rinn e fhèin òraid.

"A Cheannaird Urramaich!" thuirt e ri Iarla Selkirk. "Bha sinne duilich mar a bha na daoine agaibh a' fulang. Tha mi a' sìneadh dhut mo làmh mar chomharra air ar càirdeas. Tha mi a' toirt cuireadh dhuibh smoc a ghabhail còmhla rium à pìob na sìthe."

Rug Iarla Selkirk agus Peguis air làimh air a chèile, agus an uairsin ghabh iad ceò - Peguis an toiseach agus an-sin an t-Iarla - à pìob fhada. An dèidh sin, fear as dèidh fir, ghabh a h-uile duine anns a' bhuidhinn ceò no dhà aisde. Bha Dàibhidh na sheasamh dìreach air cùlaibh Pheguis. Chuir e iongnadh air nuair a shìn Peguis a' phìob dha, ach ghabh e an dà cheò aisde, agus thill e air ais i gu Peguis.

Nuair a bha am "pàu-àu" seachad, dh'innis Iarla Selkirk dha na h-eilthirich dè na planaichean a bh' aige dhaibh.

"Tha mi a' toirt ceud acaire fearainn ri taobh na h-Aibhne Ruaidh fo Dhùn Dùghlais dhan a h-uile neach agaibh a chaill ur dachaighean, ur bàrr agus ur beathaichean, nuair a thàinig ur nàmhaid oirbh. Seallaidh Pàdraig Fidler dhuibh far a bheil am fearann agaibh. Bidh am fearann seo leibhse agus le ur n-oighrean gu sìorraidh tuilleadh."

Bhuail na h-eilthirich am boisean a-rithist.

"Eisdibh fhathast!" thuirt Iarla Selkirk, a' togail a làmh airson sàmhchair.

"Air an talamh seo, far a bheil sinn a' coinneachadh an-diugh, bidh eaglais agus dachaigh air an togail dhan a' mhinistear agaibh. Bidh am fearann air taobh thall a' chamais air a chur air leth airson sgoil agus taigh dhan mhaighstir-sgoile. Mar chuimhneachan air an fhearann a dh'fhàg sibh às ur dèidh ann an Alba, tha mi a' toirt Cill Donnain air a' pharaiste seo."

"Cill Donnain!" Bha muinntir Chataibh air an làn dòigh. "Cill Donnain!"

Cha mhòr gun robh sùil anns nach robh deòir.

Am feasgar sin, bha Seumas is Ceit Mhoireach, agus Dàibhidh is Ciorstaidh, nan suidhe air bruach na h-aibhne.

"Aite math airson bàt'-iasgaich, Athair!" thuirt Dàibhidh le deàrrsadh beag na shùil.

"'S e, nuair a bhios an dithis agaibh deiseil a thogail ar dachaigh!" thuirt Ciorstaidh le gàire.

"Seo an t-àite airson a' ghàrraidh agam, air a' bhruaich seo mu choinneamh na grèine," thuirt Ciorstaidh gu toilichte.

"Air a' phrèiridh mhòr, fharsaing seo bidh bàrr agus caoraich agus crodh am pailteas againn," bha Seumas ag ràdh. "Mu thràth, tha mi a' faicinn arbhar buidhe a' sìneadh chun na h-àird an iar cho fad 's a chì an t-sùil," thuirt Ceit. "Seo deireadh ar turais, a Sheumais."

"'S e, agus 's e turas cruaidh, èiginneach a bh' ann, m' eudail. Ach tha sinn air ar ceann-uidhe a thoirt a-mach mu dheireadh thall."

Bha iad uile a' smaoineachadh air an astar air an tàinig iad, agus an uairsin dh'fhaighnich Dàibhidh, "Dè an t-ainm a bheir sinn air an dachaigh ùir againn?"

"Tha fios agamsa!" thuirt Ciorstaidh. "Gus am bi cuimhne againn air Alba anns an dùthaich ùir seo, agus gus am bi an t-seann dachaigh agus an dachaigh ùr againn snaidhte còmhla gu sìorraidh, bheir sinn Cùl Mhaillidh oirre."

"Bheir. 'S e Cùl Mhaillidh a bhios oirre," dh'aontaich Seumas Moireach.

Buidheann Comhairleachaidh na Bun-sgoile

Tha Ughdarrasan Ionadail air feadh Alba air
an riochdachadh le luchd-comhairleachaidh
Bhun-sgoiltean air a' bhuidhinn seo. Bidh a'
bhuidheann, le cuideachadh nan Tabhartasan
Sònraichte, ag ullachadh stuth-teagaisg Gàidhlig
agus a' cur air dòigh chùrsachan trèanaidh.